ちくま文庫

不良定年

嵐山光三郎

筑摩書房

不良定年◎目次

序章……不良定年として生きる――007
PART 1……不良定年の実録的生活と意見――055
PART 2……不良定年の蒸発的快楽旅行記――121
PART 3……不良定年の花鳥諷詠的挑発録――187
あとがき……「善人定年となるなかれ」――242
文庫本のあとがき……245
解説　有能にして無頼　大村彦次郎……247

不良定年

序章……不良定年として生きる

「不易」の確信と「流行」の自在を生きる、つまり不良になる

昔は定年と書かずに停年と書いた。これは会社の「戦力外通知」である。停は「とまること」で、車がガソリンぎれすれば停車する、電気が止まれば停電、死ぬときは心臓鼓動停止で、学校で悪いことをすれば停学になった。停という文字は、いままでやってきたことにストップがかかるから、めでたい気分ではない。しかし、活動しているものはいつかは停止する運命にあり、停は「ちょっと死ぬ」という状態である。新入社員になったときから、停年という運命が待っている。

停年制度がはじまったころは、だいたい五十五歳だった。五十五歳になれば、体力も能力も使いはたし、社員としてポンコツ化する。おまけに給料が高いから、経営者はていよくお払い箱にしたくなる。商売する人にとっては理の当然で、停年とは、残

酷でありつつも、この世のならいである。若い人に現場を譲って、老兵は消え去るのみ。オーナー社長もまた身をひいて、次代を息子に譲った。

停年という言葉が定年と書きかえられたのは、いつのころからかは知らぬが、まことに巧妙な詐称である。定年は定まる歳じゃない。停年と呼ばれると、職業のみならず、余生の活動も縮小制限されると考えて、定年といいかえて、停年の歳を五十五歳から六十歳にまでのばした。

言葉だけいいかえて実態を隠す手は、ちかごろの民主的文化のお家芸で、こういった詐称は、六十歳停年を迎えた人々をさらに混乱させる事態におちいった。むしろ五十五歳で出勤停止としてくれたほうが、それからの生き方の展望がひらけた。定年後には体力も知力もいる。

であるのに、いつまでも会社とともに生きようと思うのが人情で、六十歳すぎてから、給料を安くして、また、もとの会社に雇用されるというシステムができた。一、二年間の緩衝《かんしょう》としてはいいが、私にいわせれば、一度出所した前科者が、刑務所の生活を忘れられずに、わざと犯罪をおかして再入獄する心情に似ている。

一度釈放されたんだから、ひらきなおって別の道を捜したほうがすっきりする。しかし、新しい人生といったって、おおかたの人は、そうすぐにそんなものが見つかるものではない。いままで働いてきた経験を生かしつつ、個人としていかにそれを応用できるかが、定年後の人生を再構築するコツである。

集団から離れ、個人としてなにができるか。

かくして定年後の案内本が山ほど出る。定年後の夫婦関係、婦唱夫随の提唱、ボランティア活動、帰農する人々、郷土史研究、社交ダンス、世界一周旅行、落語の稽古、歌舞伎鑑賞、ガーデニング、山歩き、カラオケ教室、日曜画家、カルチャーセンター通い、難民救援運動、座禅、陶芸、石仏造り、と定年文化は盛りだくさんだ。

新入社員になるときより、こちらのほうがずっと苦労する。そのあげく、濡れ落ち葉となり、ふてくされて粗大ゴミ化する。金箔活字押し表紙の自分史を自費出版してサインして渡され、「感想を聞かせてくれ」なんていわれるのが一番迷惑する。

現実的な課題としては、退職金をいかに運用するか、厚生年金保険の手つづきをどうするか、年金額の算定、共済年金の継続、パート就労の技法、定年後の医療保険、介護保険制度、と面倒な事項が山ほどある。

私は三十八歳で会社をやめ、七転八倒してつんのめりながら生きてきたから、還暦を迎えても、会社人間のようにあわてふためくことはなかった。退職金なんてまるで縁がない六十歳を迎えた。それでも厚生年金のたぐいはチョボチョボと支払ってきたから、信用金庫の職員がきて、「六十五歳からいくらもらえるか」を計算してくれた。それは雀の涙ほどの額であったが、ありがたいと思った。

そのことを高校時代の友人に話すと、

「なにいってんだ。年金てのは公務員のための制度だったものを、一般国民にも適用してやろうというシステムで、民間のおまえなんぞがあてにしちゃいけない」

と忠告された。なるほどその通りで、いままで支払ってきたお金を、自分の預金口座に入れておいたほうが得をした。回収不能の金をぼったくられたが、いまさらそんな愚痴をいってもはじまらない。

国民年金などを支払わない若い連中がふえたのは当然のことで、それが自分の老後に還元されないのが目に見えれば、支払いたくない。なんのことはない、公務員たちの老後生活を支えるために安月給のなかからなにがしかの金をピンハネされているのだ。

さあ、どうしたらいいか。

さしあたっては、現行の不平等な年金制度を改めるしかないが、いまの老人の大半は年金をあてにしているのだから、支給額を減らせばパニックになる。

いや、パニックはもうはじまっており、昨今の老人対策は「切り捨て」の方向へむかっている。このままいけば、六十五歳以上の老人の反乱がはじまるだろう。その気になれば、六十五歳以上の老人は、銃や戦車やロケット弾などの武器をつくる能力がある。医師ならば、麻薬、覚醒剤だってつくれるし、警察官僚が握っている情報と、メディアがくめば、革命だって可能なのだ。

老人革命というと、若い人たちは、「ふん、ジジイにそんな体力はないだろう」と鼻で笑うだろうが、ふざけちゃいけない。現代の革命は体力でなされるものではなく、情報とメディアと若干の武器で合法的に遂行できる。じっさい、自民党は元老政治の体質が生きており、共産党をはじめとする反体制の組織も老人は引退しない。若年層退治をやらないのは「やっちゃ悪い」と老人たちが遠慮しているからだ。

ほとんどの老人には娘や息子がおり、孫がいる人も多い。そういう老人には、子や孫が自分の身内だから「老人専横の政治はやめましょう」と自粛しているだけだ。身よりのない独居老人がひらきなおって団結すれば物凄い反乱がおこる。一九七〇年代の全共闘世代は理論武装と戦術にたけており、追いつめられて蹶起《けっき》すれば、若い連中を殲滅する力を秘めている。老いたる爆弾である。明治維新は若い連中が蹶起した。平成維新は独居老人の蹶起によってなされるかもしれない。ようするに、「どっちがキャリアと金があるか」の勝負なのだ。

老人が強いのは「死ぬことをおそれない」からである。どうせあと少しの命だから、ひらきなおれば、大義のために死ぬこともいとわない。これから老後を迎える四十代後半から五十代の連中も、老人予備軍であるから老人側につく。

となれば、二十代三十代連合軍よりも四十代以上連合軍のほうが強い。あんまり老人をバカにした政治がつづくと、そういう反乱がおこる。

とはいうものの、定年を迎えた人は、時代と対決することをあまり好まず、余生をのんびりと生きたいと思う習性がある。いままで、企業戦士としてさんざん闘ってきたのだから、定年後は悠々とわが道をいきたいと思う。

定年を迎えた人が覚悟しなければいけないのは、定年者は、すでに不良品のレッテルを貼られているという現実だ。ぼけて老人介護施設に入らなくても、老人は昔から不良品として扱われてきた。三十代ならば、中古車センターでひきとって貰えたが、四十歳をすぎてひきとって貰えるのは、官庁の課長クラスの天下りぐらいで、われら一般は縁がない。

まず、自分が不良品であることを自覚せよ。

不良品とはいえ、ポンコツの粗大ゴミではない。俳人の芭蕉は、晩年、「不易流行《ふえきりゅうこう》」という理念にたどりついた。「不易」とは永遠に不変な時間を超越して変化しない心境をいう。簡単にいえば自分の信念である。いくら歳をとっても「これだけは変えられない」という頑迷なる意志である。

「流行」とは流転して一時たりとも停滞しない変化のことである。鴨長明《かものちようめい》が、『方丈記』の巻頭で、「ゆく河の流れは絶えずして、しかも、もとの水にあらず」（川はいつも新しい水が流れてきて、もとの水はなくなる）と説くのと同じ状況である。流行は、つねに変化していって、古いものは消え去る。

「不易」と「流行」は本来は矛盾する概念である。信念を持って生きればいいのか、流行に乗っていけばいいのか。芭蕉の弟子たちは、この「不易流行」の意味がわからず、それぞれが勝手な解釈をして分裂した。

「不易」という信念と「流行」に身をまかすという矛盾した考えは、芭蕉という人間によって統一された。不変の価値を持ちつつ流行に身をゆだねたのが芭蕉である。これをわかりやすくいえば、

不良になる！

ことなのだ、と私は解釈している。老人は不良でなければ生きていけないことを自覚しようではないか。

ひと昔前は頑迷な爺様がいた。世間の常識は通用せず、頑固一徹で、若い者のいう

ことはきかない。これは当然のことで、それまで自分の信念ひと筋に生きてきたのだから、老いても自己流を通した。「不易流行」でいう「不易」の部分である。

しかし、四十年前あたりから「物わかりのいい老人」が登場した。私が二十代のころには、妙に「物わかりのいい老人」がふえて、そういう老人には魅力を感じなかった。なにをいっても「そうですねえ」だの「よくわかります」と反応されると、拍子抜けした。老人が、若い連中に迎合して、流行語を使ったり、新風俗を理解したりするほど見苦しいことはない。流行に走った老人は無理をしている。牙を抜かれた狼である。

となると、芭蕉が説く「流行」とはなにか。芭蕉は新風を追いつづけた前衛で、たえず先行し、最終的には、「軽み」という境地に至った。こころざしは高く持ちつつも、俗世間を肯定して、軽やかに生きた。老人の「流行」は、妥協せずに牙をみがく行為である。

これは芭蕉ではなくても、闊達で洗練された老人はみなこの均衡の刃上を自在に闊歩していく。難解な言葉を駆使する哲学者や歴史家は、晩年になって熟すと、難しいことをわかりやすくいう。自然の摂理、宇宙の神秘、物理現象、数学の迷路、化学原理、歴史解説、人間心理、経済学の要点などを、自分の言葉で、だれにもわかるように説く。あり余った学識と経験はこういった究極の到達点では濾過され、ややこしい部分を省略して、真理の核のみが語られるのである。

芭蕉がいう「流行」は、そういった俗世間への対応法であって、「世間が無知だから、自分は孤高に生きる」という態度はとらなかった。それは、自分もまた世俗の一員だという自覚があるからだ。

いくら自分の技術や認識に自信があってもそれを世間で応用するためには、俗なるものに身をさらさなければ通用しない。ただの「偉そうな先生」はそこらへんにいっぱいいる。そういう心得を芭蕉は「流行」と定義したのである。いたずらに時流のはやり物を追うのではなく、退化していく自分をしかと見定めて、自己を再軍備する。生きることは、「不易」の確信と「流行」の自然体をあわせ持つことなのだ。

定年ちかくになったからといって不良性を捨てるな

老人はガタがきている。考えも古い。小まわりがきかない。おまけに、自分の過去を大切にしようとする。かくしてキャリアがある人ほど、定年後の自分を持てあますことになる。このときが勝負の分れめだ。

体がいうことをきかなくなると、精神がいらついてきて、世間と同化せずにぐれる。中高年のころから、男はほうっておいてもグレるようにできている。まして老人は本質的には不良なのだ。ふてくされて当然である。気にくわないやつとは口をきかなくてよい。トンズラせよ。そしてこの世の面倒なことは若い世代にまかせてしまえ。

会社で部長、局長、役員という経歴があれば、プライドが高いから、「定年後はラーメン屋台をひきます」なんてぐあいにはいかない。私が勤めていた会社の専務は、「定年後は浪曲師になる」といってはばからなかった。その人は人情家で義に厚く、社長を支えてきた番頭格で、つまりは浪花節的人生を地でいく人だった。だから、冗談でそんなことをいえたわけで、本心ではない。

定年後の最大の壁は収入の金額ではなく、人間としての尊厳である。もちろん収入がなければ生きていけないが、かといって会社の要職にあった人が、なりふりかまわず人にすり寄るのは見苦しい。定年後は、それまでの仕事の経験と実績を生かして、小銭を稼いでいくのがよい。げんに、私の現状がそうである。

そのさい問われるのが「不良としての自覚」である。会社をやめて善人になろうとした人はみな倒れたではないか。無理して善人になろうとした人ほど早死にしてしまう。会社内の価値観と世間の価値観は違う。また、定年になってなお、会社内での肩書を自慢している人は嫌われ者になる。まずは、不良品としての自分を確認して、そこから再出発する。企業戦士が定年を迎えて、以前と同じ生活レベルを維持するためには、少なくとも二倍の年収が必要となる。年金を頼っているだけでは、さきの見通しは暗い。

不良定年をむかえる人は、遅くとも四十歳ぐらいからの準備が必要だ。ひとつは定年を待たず、いつやめてもよいという覚悟である。早期退職制度で四十五歳を定年とするシステムを応用するのもよい。もうひとつは、出世しようとする意志である。係長、課長でいいから、長とつく仕事をこなしてこそ企業戦士である。

企業戦士の醍醐味は出世にある。会社で出世しなくても実力のある人はいるけれど、それはごくまれであって、一定の実力と実績があれば、会社内では、課長ぐらいまではいく。あとは運で、運もまた実力のうちである。

会社員でありながら、「自分の本当の価値観は別のところにあり、会社は、ただ生活のためだけで勤めている」という人がいる。こういう人は不良定年を迎えられない。会社員でありながら仕事を投げ、「出世するやつはうまく動きまわった輩だ」と愚痴をいっているようでは、定年後、社会に出ても、使いものにならない。

会社で出世しないことをよし、としている人間は、出世した人間の悲しさを知らない。同期入社して一番出世した人は、それだけで同僚からうとまれ、「おべっか使い」だの「卑怯なふるまい」だの「自分勝手」だのと陰口を叩かれる。そういった批判や悪口に耐えて、役職に見合う仕事をなしとげていくには、万年ヒラ社員にはわからぬ苦労がいる。長のつく立場で、会社という集団のシステムと感情をコントロールしていくことから、不良定年の道がひらける。仕事ができる男は不良定年をめざす。定年ちかくなったからといって、不良性を捨ててはもったいない。

自分のことを陰で悪くいっている人に、にこやかに冷静に応対する力が不良のはじまりである。したがって四十歳の無気力社員には不良になれるパワーはない。自分がするべき仕事を、人の二倍、三倍となしとげてこそ不良的精神力が身につくのである。

見てごらんなさい。四十代五十代の役職者で辣腕をふるう人は、みんなカリスマ性があり、色っぽく、ダンディーで、義理人情に厚く、不良っぽいじゃありませんか。一見したところガチガチのマジメ人間に見える仕事一途の部長にしたところで、一皮むけば不良少年のおもかげが出てくる。

なぜ、定年を迎えると、しょんぼりしてしまうか。それは、収入が減るからではなく、遊びがすべて会社持ちだったからだ。貧乏会社でじっと耐えてきた人間は、定年などさほど怖くはない。とはいえ、一流会社で経費を使える立場の人は、使えるだけ使っておくにこしたことはない。

私の世代は、みんな不良少年ばかりだった。焼け野原でとっくみあいのケンカをして、薄幸の美少女を追いかけ、進駐軍が配給したまずい脱脂粉乳のミルクを飲み、タンボの稲穂をガム代わりに嚙み、進駐軍に石を投げるくせにアメリカにあこがれ、不良の自分を持てあまして生きてきた。

そして就職すれば、汗水流して働いて、結婚すれば給料をまるごと妻にとりあげられてドレイ的生活をつづけてきた。

ほとんどの男はドレイ志願者なのである。給料がふえれば、妻にほめてもらえることだけが嬉しいのに、妻は、それを当然のように受けとり、「あなたの老後のため」という名目で預金をして女学校時代の友人と温泉旅行へ出かける。

困ったことに、妻がそういう贅沢をすることが「夫としての力量」と思いこみ、妻が金を使うほど仕事に精を出す。そのうち、子が「海外旅行に行きたい」といえば、「おう、行ってきなさい」とポケットマネーをポンと出し、父親は場末の安い居酒屋で飲む一杯の焼酎に、幸福感を得る。

これは、安月給のサラリーマンだろうが、大企業の役員だろうが、みな同じで、収入のレベルにあわせて妻子に搾取されつづける生涯である。「男の甲斐性」とは、男のドレイ化を意味する。高級ドレイほど妻子を満足させることができ、そこに無上のヨロコビを感じるのが男という生き者なのだ。

定年後、さて、いままでのドレイ的奉仕のいくばくかを感謝されて、妻子がお父さんへやさしくしてくれると考えるのは、まったくの幻想である。妻子は、定年を迎えたお父さんがぼけると、「いままで家庭をかえりみずに好き勝手にやってきたむくいがきた」と判断して、冷遇する。家庭は非戦闘地域ではない。「家族のため」と思うのは、自分が家族に甘えたいための勘違いにすぎない。いまの世の中、夫に心から感謝する妻が何人いるだろうか。まして子は、親が働くのは当然だと思っている。

善人定年を迎えた日本のお父さんは、ドレイとしての最後通告をうけたも同然で、粗大ゴミとして家族に見捨てられて、飼い殺しされて、ドレイの生涯を完結するに至る。家に金銭を入れない夫は、ドレイとしての価値を失ってしまうのだ。したがって、男は、もっとも味方と思いがちな家族から身を守らなければならない。

死ねばいくばくかの生命保険が支払われるから、墓に骨を埋められてから、「いいお父さんだったわねえ」と供養される。死んでから「いいお父さんだった」っていわれても、仕方がないじゃないの。せめて生きているうちにそういうことを態度で示してほしかった。

このような事態を避けるために、男は定年後も金を稼がなくてはいけない。無理をせずに小銭を稼ぎ、自分の酒の飲み代ぐらいは使える身となるべきだ。

そのためには、妻からの自立が不可欠となる。料理は自分で作る。下着の洗濯ぐらいは自分でやる。アイロンも自分でかける。靴も自分でみがけ。娘に貰ったネクタイを喜んでつけてる場合じゃない。旅行するときの切符は自分で手配する。これが第一歩だ。

つぎに、二、三日の蒸発をする。妻に行く先をつげずに、行方不明となりたまえ。無断で、家に帰らない日をつくれ。これは定年後にやろうと思っても、急にできることではない。定年後に無断で三日間家に帰らなければ、妻は、自殺したんじゃないかと疑い、家出人捜索願いを出すかもしれない。まして、定年を待たずにリストラされた夫がいなくなれば、「どこかの女と逃げたのかしら」と思われ、捜索の手はいっそうきびしくなる。妻としては、金づるのドレイが逃げたのだから、黙っちゃおりません。

無断外泊は、思いたったらすぐやりなさい。最初は一日でよい。ガールフレンドとホテルに泊まったにしても、「いや、おとといは夜、宴会があって、遅くなりすぎて、会社近くのビジネスホテルに泊まった。電車は終わっているし、そのほうがタクシーで帰るより安くつく。きのうは朝九時半から会議があったから会社近くのホテルに泊まったんだ。深夜だったから、電話をかけなかった」

といえばよろしい。

これを年に二、三回やり、さらに月に二、三回とつづいていくと、妻も「あ、いつものことね」と馴れてくる。余計な言い訳をしなくてもすむようになり、妻が「うちの夫は放し飼い。給料さえきちんと家に入れてくれれば、ドレイとしての価値はあるわ」と思いこんでくれれば、しめたものだ。

夫は金稼ぎマシーンであるから、本来ならば、こんな姑息な言い訳をする義務はない。それをしなくてはいけないのは、日本の夫婦関係には飼い主とドレイという経済的習慣が根づいているためだ。自分が稼いだ金を自分が使ってなにが悪い、と男は思うのだが、そんなことはそうそう口に出せるものではない。

辣腕の企業戦士は、妻子にも漏らさない秘密がある。秘密事項があってこそ強力社員なのである。強力幹部として不良部分をみがくためには、会社で実績をあげるしか手はない。自分の裁量で使える会社の金が男の力である。金を使っても、それに見あう仕事をしていれば文句はいわれない。また、会社の金を使えば、そのぶん仕事で実績をあげようという気持ちが生まれる。会社の金で遊べない善人社員は企画や営業力はたいしたものではない。不良定年は、一定の出世をした男の特権であることがわかる。

会社で仕事を投げてしまっている無気力社員は、社内で「役立たず」のレッテルを貼られているため、定年に至っても不良化するパワーを蓄積していない。定年を迎えれば、だれにでもペコペコするだけの善人になるしかなく、仕事の注文もこないから、小銭も稼げない。

荷風、谷崎は不良定年の鑑

妻からの自立、というと、「じゃ、離婚するんですか」と訊く人がいる。そうではなくて、妻とは適当に仲良くしつつ、自分の道楽部分を拡大すればいい。定年後、妻に、「温泉旅行に行こうか」と誘っても、「はい、そうしましょう」とはなりません。妻には妻の信条があり、むしろ、お互いに自立している夫婦のほうがうまくいく。まして定年となれば、「わがままな夫と旅行するなんてまっぴらごめんだ」という妻のほうが多い。わが家がそのいい例で、せんだっては、出発する寸前に家の玄関でケンカしてしまい、旅行は中止となった。妻と旅行すると、ささいなことですぐケンカになる。旅行さきのホテルのレストランで、むっつりと黙ったまま食事をしているのは、ことごとくが夫婦である。楽し気に食事をしているのは不倫のカップルだから、ホテルの従業員は、朝食をとる様子で「夫婦か不倫カップルか」を判断するという。

夫より妻のほうがさきに自立しているため、会社一途だった夫が、急に「おまえと二人旅をしたい」なんて酔狂なことをいい出すから、ことが面倒になる。自立した妻は、定年後の夫が一定の距離をおいて不良化することをむしろ望む傾向がある。急に「妻よ、やっぱりきみを愛している」といい寄られるのは迷惑な話で、夫が自分の好きなことを悠々とやっていてくれたほうが妻は楽なのである。

子にしたところで、「うちのお父さんはお母さんべったりよ」というよりも、「バカオヤジが不良で困っちゃうのよ」と自慢したくなるものだ。一週間無断で家をあけて、フィリピンに行っておみやげにグリーン・マンゴー詰めあわせを隠し持って帰ってくる不良老人なんてのが理想である。

恋愛は、精力絶倫の人なら定年後の楽しみとなるだろうが、不良定年した人は、そういう道楽は、妻や世間にばれずにしなくてはいけない。老後は、夫婦ゲンカがたえない家庭でも、離婚は禁物である。不倫から結婚に至る道すじは悪いとはいえないが、せめて三十代までにするものである。

離婚は結婚よりもずっと労力がいる。私は離婚した夫婦を何組と見てきたが、離婚に際しての財産分与と子との関係は、並大抵の苦労ではない。夫婦間に子がいないうちに離婚するのが不良のとる道である。子がいればやれ養育費だ生活費だのと、あとあとまで尾をひくケースが多い。

私の知人で六十二歳の大学教授が、大学生時代の三年後輩の女性に恋をした。その女性は若いころに夫を亡くして、長らくピアノ教師をつづけてきた。前夫とのあいだに生まれた息子は結婚して家を出ていた。

大学教授は十年前に妻を亡くし、ひとり娘は銀行マンと結婚して子が生まれ、幸せな生活をおくっている。ふたりともひとり暮らしで自由の身である。大学教授は、そこそこの収入があり、著作も多く、ロマンスグレーの髪で男前である。

ふたりが再会したのは、彼女のピアノ演奏会に大学教授が行ってからである。学生時代は恋人だったから、思い出話に花が咲き、会った翌日にデートしてホテルに泊まった。それがつづくうち、大学教授が求婚するに至った。

「二日間考えさせてください」

とピアノ教師は答えて、三日後に「お断りします」といってきた。さらに「これっきり、会うのはやめにします」と通告された。おもてむきの理由は、「もうお互いに歳だから、いまさら結婚はしない」ということだった。しかし、ピアノ教師の本心は、「せっかくひとり暮らしを愉しんでいるのに老後の男の世話をするのはやりきれない」というものだった。五、六回ホテルに泊まってセックスをしただけで「結婚しよう」と申し出た大学教授の考えが甘かった。大学教授が七十歳をすぎて、その介護をまかせられるピアノ教師婦人の心情はよくわかる。

この大学教授に欠けていたのは不良の精神である。「結婚しよう」といえば、女性が喜ぶと思っている認識が甘い。不良老人ならば、倫理的な側面にこだわらず、適当に会って、気がむいたときに性行為をしていれば、老人版セフレの仲がつづいていたと思われる。

老人の不良化をさまたげているのは、老人が社会的に「いい人でいたい」と望むからである。後輩のお手本になりたい、と考える。だから、不倫の仲という関係が、自分に許せないのである。

私の師であった作家の深沢七郎氏は、「ニンゲンは歳をとっても成長しないねぇ」といっておられた。「人は歳をとるとどんどん悪くなる。お金持ちの爺さんほど因業なもんだよ」と述懐していた。年齢を重ねれば、そのぶん性格が向上するわけではなく、逆に、その人本来の悪い性分がナマに出てくるため、「悪いやつは、ますます悪くなる。非情で、利己的で、恥も外聞もなくなる」のである。そういわれてみると、政治家とむすびついて公金横領をする政商たちは、ことごとく老人である。

不良定年は、こういった詐欺師になるのが本意ではない。引退ヤクザとは違う。法を犯すことはしないし、ダンディーでおしゃれで、愉快に生き、遊び好きで、話が面白く、粋人で、色気があって女性にもてる。

色欲は不良定年者はみな持っている。女性なくしてこの世の愉しみはない。たとえば永井荷風は、料理を食べるときは、いつも愛人と一緒だった。多くの女性と浮名を流し、最後は市川の家で、ひとりのたれ死にした。これぞ不良老人の鑑である。

また、谷崎潤一郎は、四十四歳のとき、千代夫人を後輩の作家佐藤春夫に譲った。これは、妻譲渡事件として世間を騒がせた。

その翌年、谷崎氏は古川丁未子《とみこ》と結婚したがすぐに別れ、松子と再婚した。谷崎氏が性愛小説の傑作『鍵』を書いたのは七十歳である。老人の性を追究した『瘋癲《ふうてん》老人日記』を書きあげたのは七十六歳である。これまた不良老人の面目躍如といったところだろう。

われらグータラオヤジは永井荷風氏や谷崎潤一郎氏のような真似はできないが、こういった不屈の不良精神を持ってこそ、定年後を有意義に過ごすことができる。

定年ちかくなったお父さんがみすぼらしいのは、それまで自分の服を自分で選んでこなかったことが一因である。服を妻まかせにしていれば、出費をきりつめるために、安い服をあてがわれる。これは当然のことで、自分の責任である。

一流会社に勤めて家族を支えてきたお父さんが、バーゲンセールのスニーカーをはき、よれよれのレインハットをかぶっているようでは、女性にもてるはずがない。定年後こそ、贅沢をして上等の服を身につける誇りを持ちなさい。

不良定年は自前のモラルを持とう

不良定年は、自分の内に眠っていたオスの野性をとり戻すことである。自然児に戻ればそれで不良定年になる。『ジジイズ・ビー・バッドマン』（老人よ不良精神を抱け）と申しあげたい。不良は生きる活力源である。

不良定年は自分のルールを持たなくてはいけない。世間の良識である「期待される老人像」になる必要はない。いままで会社のなかで束縛されてきたモラルに代わって、自分なりの原則を考え、それを実践する。

思いつくままにあげてみよう。

①約束した事は、呆けて忘れる（老人は常習犯である）
②借金も、呆けて忘れる（これも常習）
③チャンスがあれば浮気する（一期一浮気）
④馴じみの飲み屋へ行かない（旧縁を切り、馴れあわない）
⑤競輪ざんまい（車券は百円のお遊びで十分。競艇・オート、競馬も可。宝くじは買わない）
⑥妻の預金をおろして使う（当然の権利だ）
⑦落ちぶれた同僚にたかる（同情しないことが相手のためだ。同情は命とりとなる）
⑧信号は無視する（ただし、周囲をよく見て）
⑨いっさいの謙遜をしない（昔のまんま）
⑩巻物の手紙をよこす人へは返事を書かない（それほどヒマじゃないので）
⑪宗教活動に関与しない（無常を知る）
⑫占いを信じない（あたるはずがない。自分の運は自分でひらく）
⑬狡猾であれ（老人が生きていく知恵）
⑭妄想に生きる（想像力を喚起する。俳句もそのひとつであろう）
⑮名声を求めない（なにをいまさら）

⑯権威と無縁になる（断固たる決意で）
⑰不機嫌をよしとする（だってそうなんだもの）
⑱義理の結婚式へは行かない（疲れるだけで）
⑲二律背反を是とする（生きる証し。不易流行でいく）
⑳触覚で価値判断する（女もこれでいくに限る）
㉑遊牧民志向（蒸発する力。どんどん家出しましょうね）
㉒若い者はだます（手練手管で）
㉓子はちょろまかす（お手のもの）
㉔ヒューマニズムよりニヒリズム（無神論で自分をクールに見つめよ）
㉕淋しさを食って生きる（孤独は老後の栄養である）
㉖腕組みしない（服に皺がつくからね）
㉗反社会（反骨の精神を忘れずに）
㉘風とともに去る（危ないときは、ひらきなおって逃げちゃえばよい）
㉙競争しない（わが道をゆき、他者と自分を比較しないこと）
㉚全力投球（それなりに）
㉛裏道で立ち小便をする（もらすよりいい）

㉜平気で泣く（感情は素直に出す）
㉝ぼんやりする（休養が大切である。ぼーっとする時間の空漠に身をまかす）
㉞とぼける（老人の特権である。具合悪くなったらアクビすりゃいいの）
㉟眠る（睡眠薬はアモバンかハルシオン。ウィスキーの焼酎割り）
㊱耐える（これも実力のうちだ）
㊲ぐれる（とことん堕ちてみて、地べたより世間を見つめよ）
㊳情報収集する（要領よくやりましょう。そのため友人とはまめに会う）
㊴昼からビールを飲む（酔っぱらって繁華街を歩きましょう）
㊵昼間から風呂に入る（気分がよくなる。近所の銭湯で一番湯につかろう）
㊶ナンセンスのセンス（理窟っぽく生きるのは愚の骨頂）
㊷ハイカラ主義（身なりをよくするのは、不良定年者の基本的心得である）
㊸テーマを持たない（なりゆきでいけ。テーマを持つともとのインテリに戻って、また企業戦士となる）
㊹軟弱にいく（年寄りだから当然のことである）
㊺唯我独尊（自分の世界へひたる。うぬぼれてけっこう）
㊻自由なる日々（なにやったっていいんだ）

㊼風狂でいく（吉田兼好や西行に学ぶ）
㊽遊んで暮らす（遊ぶにはかなりの精神力がいる。遊ぶ力が不良老人の存在証明だ）
㊾不器用でいけ（それで通用させる）
㊿友人を大切に（共犯者としての友がいてこそ活力が生まれる）
51霊界通信（ときには死者との会話。故人の著書を読みかえす。読書は霊界との無線電話である）
52散歩する（山でも町でも、外国でも）
53小銭を稼ぐ（なんでもいいから）
54美的生活（これが余裕というものだ。一輪の野草を見つめよ）
55命を惜しむ（健康第一だもんな）
56何者にも忠誠しない（相手にも忠誠を求めないのが礼儀である）
57ケチ（無駄な金は使わないが、大金も使わない。いざというときは気前よくいこうぜ）
58後悔しない（宮本武蔵のように、「事において後悔せず」）
59女の愚痴はきかない（恋人は長くつきあうと妻化して、愚痴をこぼす）
60男の愚痴もきかない（男の愚痴は女より始末が悪い。無視せよ）

㉖軽佻浮薄（日本文化の伝統だから、これでけっこう。重厚な老人はかえってボロがでる）
㉗離欲（やりたい欲だけに集中する）
㉘感動力（小さいことに感動する精神を持続せよ。有能な企業経営者は高齢でも「感動する力」があるものだ）
㉙いたずら心（少年時代に戻る。みんな不良少年だった）
㉚老人ルネッサンス（キャリアがあるからできることだ。不良老人の条件）
㉛忍ぶ恋（古風にいきましょう。忍ぶところに味わいがある）
㉜道楽（最後の遊び。なににするかは各自で考える）
㉝ソフト帽を愛用（ボルサリーノ）
㉞ないものねだり（快楽の追求。枯れてしまってはいけません）
㉟すぐ寝込む（仮病の有効活用）
㊱電話には出ない（面倒だから）
㊲聞こえぬフリをする（そのくせ地獄耳で情報収集）
㊳気弱なことをいう（なにしろ老齢なもので）
㊴朝顔市へ行く（早起きだから）

⑮酉の市へ行く（宵《よい》っぱりだから）
⑯足で物を片付ける（省エネ）
⑰ふぐは白子を（神田明神下の左々舎がおすすめ）
⑱月見献立（昔の恋人に作って貰いましょう）
⑲浴衣で宴会（銭湯へ行ったあと、ビール飲んで）
⑳桐の下駄で歩く（素足で歩くと血のめぐりがよくなる）
㉑飛行機はファーストクラス（国内線ならビジネスクラス。新幹線はグリーン車）
㉒きっぷのいい女将がいる温泉のなじみ客となる（上の山温泉の葉山館とか）
㉓勝手に講釈（幸田露伴《こうだろはん》のように近所の者を集めて）
㉔バラバラ（意識を混乱させる）
㉕お化粧してみる（歌舞伎女形役者をまねて）
㉖すべて現金でいく。（カードは持ち歩かない）
㉗インターネットはやらない（できないから）
㉘煙草はやめない（そんなの勝手でしょ）
㉙猟書三昧（神田・神保町で）
㉚銀ブラを楽しむ（銀座の老舗には掘り出しものの極上品がある。クラブだけが銀座

じゃないのだ)
⑨①色街で飲む(神楽坂とかね)
⑨②茶漬けにこる(JAL国際線のファーストクラスで食べるキャビア茶漬けがうまい)
⑨③ケンカしてよし(ケンカしてこそ友人である。ケンカをおそれてはいけない)
⑨④文具に淫する(硯は蘭亭硯《らんていけん》、墨は明代の程君房《ていくんぼう》)
⑨⑤もちろん天動説(地球が回ってたまるか。どこを軸にするかで物事の判断が決まる)
⑨⑥遠くへは行かない(面倒だしさ)
⑨⑦知らない町は歩かない(自分の住む町が穴場である)
⑨⑧言い訳は全力で(すべて人のせい)
⑨⑨ゆっくりと急ぐ(開高健氏の流儀で。のこり限られた人生だもの)
⑩⓪説明はしない(面倒だから。わかんないやつに説明するだけ疲れる)

ざっと書き出しても、これだけある。この百項目は、私のルールだから、百人いれば百通りの独断のルールがある。それを手帳に一度書き出して整理してみるといい。不良定年者のルールは、定石を無視して自己流をあみだすところに妙がある。モラルは煮て食え。自分から自立せよ。目玉の引越しをすれば新たなフィールドが見えてくる。おしきせの定年後生活像なんていっさい無視して昔をふり返らない。

自分の不良部分を肯定して、バカボンのパパみたいに「これでいいのだ」と胸をはって生きていく。

三十八歳、不良定年への第一歩を踏み出す

さて私の場合はどうであったか。

大学を卒業すると、二つの出版社の入社試験を受けて落ち、三つ目に受けた平凡社に拾って貰った。

そのころの平凡社は市ケ谷近くの四番町四番地にあった。

二百八十名の学生が受けて、入社したのは四人だ。あとで聞くと、四名のうち一番点数が低かったのが私だったという。首皮一枚で平凡社に拾われ、同期入社で最優秀の成績だった人はすでに没している。

やっとのことで出版社に入れたのだから、せいいっぱい優良社員になろうとつとめた。先輩に礼をつくし、最初のうちは遅刻せず、いつもニコニコして一生懸命に働き、

決して泣きごとをいわず、つまり「いい子」としてふるまった。学生時代は生意気な性格でつっぱっていたから、それをなおすいいチャンスだった。

出版社の先輩は、ほれぼれするほど威張っていて、私をボロくずのようにこき使った。それが気分よかった。どの先輩も態度が大きくて、ひとくせもふたくせもある豪の者で、キャリアが豊富だから、とてもかなう相手ではない。会社というのは凄いところだ、と度胆を抜かれた。

そうこうするうち、雑誌「太陽」の創刊編集長である谷川健一氏に、「おめえ、ちょっと来い。酒を飲ませてやる」と誘われた。谷川氏はいまは民俗学者として著名の人だ。体が大きくて、ザンバラ髪で、宮本武蔵のような体軀だった。ぼくは谷川氏の弟の谷川雁《がん》氏のファンだった。喜びいさんでついていくと、四谷の居酒屋に案内された。

最初のうちは和気あいあいと飲んでいた。私が谷川雁氏の愛読者だと知ると、谷川健一氏はいろいろとこみいった話をしかけてきた。そのあと、なにが原因でケンカになったのかは覚えていないが、ベロンベロンに酔った谷川氏が「おめえをクビにしてやる」と啖呵を切って、席をたった。

谷川氏は、そのころ「太陽」編集長をやめたばかりで虫の居どころが悪かったのだと、いまになってわかる。親分肌の酒乱系学者でケンカっぱやい人だった。

その後、谷川氏は三日間会社へ出てこなかった。谷川氏が健康を害されたのは、このころからだ。会社をクビになることはなかったが、「おまえ、谷川さんとやりあったんだってな」と先輩たちにからかわれた。

谷川健一氏は、当時の平凡社社長下中邦彦氏が三顧の礼をもって、初代編集長として迎え入れた人だった。実力があって、そのぶん無頼のべらんめえ親分であった。

このケンカは暴力事件には至らなかったものの、あまりに強烈だったから、それ以後の私を変えた。それは「いい子ぶっていたのではなにもはじまらない」という現実だ。会社は闘いの場だ。具体的な提案を出さなければいつまでも使い走りで終わる。谷川氏とのケンカによって、私は会社内でいかに自己を鍛えていけばよいのかを考えるようになった。

三十代はガムシャラに働いた。その結果、三十四歳で「別冊太陽」編集長となった。私を入れてわずか三人の編集部であった。やたら詳しく、かつ、エピソードを多用する解説のマニアックな編集をしたため、下版前のころは、一日の睡眠時間が三時間という日々がつづいた。校了するときは会社の編集室の床に寝泊まりした。

このままでは死んでしまうのではないか、と思った。爪のさきから脳味噌まで百パーセントの会社人間だ。働きづめのため、服は一週間着がえず、ヒゲはのびほうだい、ゴムゾーリをはいて、会社近くの銭湯に通った。

そとめは悪いが仕事だけは他人の三倍働いた。目玉は充血し、足もとはふらつき、一日に煙草を六十本吸い、眠る前はウィスキーをストレートであおった。疲れていても、長めの解説文を書いて校正をつづけていると、頭のなかがぐつぐつと煮えたって、眠れなくなる。

三十六歳で月刊「太陽」編集長になった。「別冊太陽」での実績が認められた。平凡社はじまって以来の若い管理職だったが、下中邦彦社長が強く押してくれたおかげだった。

月刊「太陽」編集長になると、さすがに無精ひげにゴムゾーリという姿では通用しなくなり、ネクタイを締めて広告主（クライアント）を廻るようになった。書店へは足しげく廻り、店主に挨拶をし、取次店では、係長以上を集めて月一回の雑誌説明会をやった。編集実務よりも営業活動や広告とりの仕事がふえた。

それまでは、なりふりかまわず、編集一途で小商店店主のようにやってきた私が、急に背広を着てエラそうなナリになったので、社内の一部からは「あいつは成り上り者だ」と陰口を叩かれた。「社長におべっかを使って取りたてて貰ったんだろう」とという者もいた。

なんといわれようが本誌編集長であるから、交際費はたっぷりと使えるし、銀座のバーで飲めるし、有名な筆者もそれなりに対応してくれた。「自分の絶頂期だ」と思った。

　雑誌は編集長のものである。うまくいけばいいが失敗すれば左遷される。月刊「太陽」の発売部数をのばして、そのぶん自信をつけた。

　その反面、私に対する反感が社内にあったのも事実である。それは「雑誌が売れればいいってもんじゃない」という人たちで、そういった「知的」編集者は、「内容はいいのに売れない本」を作っている人たちだ。かれらは「悪貨は良貨を駆逐する」というい方で私を批判した。

　私は悪貨を作っているつもりはみじんもなかった。「雑誌は売れてこそパワーを持つ」という信念で仕事をつづけてきた。雑誌は、読者の支持があってこそ売れる。本にしろ雑誌にしろ、いくら内容がすばらしくても、売れなきゃ、お話にならない。

　平凡社の主力は百科事典で、二百四十名の社員のうち八十名が百科編集部員だった。雑誌部では野生動物雑誌「アニマ」が固定読者を持っていたし、「別冊太陽」、季刊「太陽コレクション」ほか一万円の「別冊太陽豪華版」などを出してムックブームのはしりとなり、好評だった。雑誌部は四十人ほどである。

そのほかに「東洋文庫」、学術選集、美術選集、哲学全集、思想大系、各種事典、各種の単発本があり、書籍編集部は三十人ほどであった。

私への批判は、百科編集部からのものが多かった。百科事典は一度完成すると、毎年補遺を出して改訂し、PR誌の「月刊百科」で新情報を提供していく。新しい百科事典を項目選びからはじめるとなると十年を要する。十年間は編集をしているだけだから、百科部からは、新刊（製品）が出ないのである。

ぼくが三十八歳のとき、百科事典の売れゆきが激減して、平凡社は経営危機におちいり、希望退職者を募集した。

くるときがきた、と思った。

いくら雑誌の売り上げをのばしても、平凡社は百科事典を主力とする出版社で、それがダメとなって希望退職を募れば、自信がある人からやめていく。

希望退職を出す会社経営陣の思わくは、「年配の高給取りはやめてもらい、若手の精鋭を中心に社の再建をはかる」ところにある。会社のリニューアルだ。そのため希望退職に応じる権利がある人は「四十五歳以上の者か、管理職」に制限された。希望退職者には退職金を二十パーセント上乗せするという条件がついた。

高給者がやめれば、人件費が減って、経営合理化が進む。とくに長と名がつく管理職は退職せよという暗黙の了解があった。

私は管理職だが三十八歳で、四十五歳以上という条件はクリアできない。こういうケースは、社内で私ひとりだった。

このまま社にいれば、私はもう少し出世したかもしれない。いや、しなかったかもしれない。そのいずれもが仮定であり、結果としてやめてしまったのだから「もしも」という想定は無意味である。しかし、三十八歳で編集長職にあった私の意識のなかに、そういった野心がなかった、というと嘘になる。

会社勤めの醍醐味は出世にある。口さきでは、役職なんて意識してないといっても、そのじつ、やってみたい。とくに常務というのにあこがれた。

私は希望退職に応じることにした。

すると下中邦彦氏から社長室へ呼び出され、「きみはやめるな」といわれた。下中社長は私を編集長に抜擢してくれた恩人である。その恩人に「やめるな。これからやってもらうことが山ほどある」と引きとめられると、心が動いた。下中社長とさしで、一時間話しこんだ。つらくて涙が出た。下中社長の話が、身にしみた。恩人の説得に応じられないのはつらいことだった。

私は、

「希望退職を出したことがよくない。経営改革をやるなら指名解雇しかない。希望退職を募れば、自信がある若い人からやめていく。やめて貰いたいと思う社員は、再就職の道がないため、いつまでも会社にしがみつくから、経営改革どころか、会社が高齢者ばかりになって弱体化する」

と生意気な自論を述べた。

平凡社は労働組合が強く、指名解雇なんてのは事実上は不可能である。また、人格高潔なる下中社長は、そんなことができる人ではなかった。

一時間ほど話してから、下中氏は、

「わかった。きみの健闘を祈る」

といってくれた。

私の生涯のなかで、これほどつらかったときはない。かくして、私は十六年間勤めた平凡社を退社することになった。

『徒然草』を不良定年への指南書として読む

社をやめてからは、なにもせず、吉田兼好の『徒然草』を読んで過ごした。『徒然草』をはじめて読んだのは高校の古典の授業で、そのころは「面白エッセイ」として、楽しんだ。その後大学の国文科へ進み、本格的に読むとこの書が、「君主論」であることがわかった。兼好が仕えていた堀川家の猶子《ゆうし》、邦良《くによし》を天皇にするためのテキストである。

兼好は邦良親王より六歳上である。邦良親王が帝になれば、その家庭教師であった兼好の将来は約束されている。おそらく兼好も宮中での出世をのぞんでいたはずである。

その邦良親王が二十七歳で死んでしまった。

兼好は、『徒然草』を書くとき、すでに出家している。『徒然草』の当初の「帝はかくあるべきもの」と説くテキストの役割は終わり、兼好は自在に書くようになった。『徒然草』は、人間が生きていくうえでのコツ、つまり、生きる知恵としての随筆に変わっていく。

『徒然草』は三十代のころ、私ががむしゃらに働いていたころに、大いに役に立った。学生のころは、それほどよくわからなかった部分が、三十代で読みなおすと、身にしみいった。

いくつかあげてみましょう。(嵐山訳)

この世が、なんでも思い通りにいってしまったら、むしろ退屈である。人間はいつ死ぬかわからないところがいいのだね。人間ほど長生きする動物はほかにいません。かげろうは夕方に死ぬ。人間の一生が短いと悲しむ人は、たとえ千年かけてもおなじことを考えるだろう。自分の子や孫をかわいがり、名誉とお金が欲しくなっていくのは見苦しい。

理想的な家とはなんでしょうか。

住む人にわたしのような教養があることが第一だが、月光がのどかにさし込む家も捨てがたい。いまどきの外国風の派手な木ではなく、日本古来の木がしげり、人工的ではない古風な庭があり、縁側と垣根にちょっとした工夫をして、古家具を使うのが好ましい。最近の家は、中国製の高価な家具を並べたて、みるからに豪華にしているが、そんな成金の家に住んで、どうするんだ。家を見れば住んでいる人がどんな性格かわかる。

十月のころ、栗栖野《くるすの》というところを通って山へ登っていくと、もの淋しい庵があった。木の葉にうもれている家の柵に菊やもみじの枝がおかれていた。奥にみかんの木があって「いい家だなあ」とジロジロ見たら、みかんの木の周囲に厳重な囲いがしてあった。それで、いっぺんに興ざめしてしまった。こんなことをするくらいなら、みかんの木なんか、植えなきゃいいのだ。

心が通じあう友と、ゆったりと世間話をするのはいいけれど、なにもわかっていない相手とは無理して話をあわせるのがいやだ。話をしても、こっちはひとりでいる気分になり、そりゃ、わびしいもんだよ。

恋は心のなかに咲く花のようなもので、その花が風も吹かないのに散ってしまうと、恋していた年月を思い出して、ふたりで話した会話が忘れられない。それなのに相手がどんどんかけ離れていくのは死別するより悲しい。むかしは白い糸がなにかの色に染めらるのを悲しんだり、道が二つに分かれていくのをなげいたりした人もいたんだって。

人が寝しずまった夜、長い夜のなぐさみに身のまわりの道具をかたづけたくなるときってあるでしょ。古い手紙をやぶりすてていると、死んだ人が書き散らした文字や絵が出てきて、ふとそのころのことを思い出してしまう。生きている人からの手紙だって、もらってから長い年月がたっていると、なつかしくて胸がジーンとしびれてしまう。

文字のへたな人が、それを気にしないで、手紙をいっしょうけんめいに書くのはいいことです。自分の字がへただからといって、他人に代筆を頼むのはよくない。

ある人が法然《ほうねん》上人に「念仏をとなえるとき眠くなったら、どうしたらいいでしょう」と訊いた。上人は「目がさめているときに念仏しなさい」とお答えになった。また「往生はできると思えばでき、できないと思うとできない」とも教えてくれました。

ひさしぶりに会った人が、自分のことばかり話すのはよくない。自分のことばかり話す人は恥ずかしい。教養がある人は、聞く人が大勢いても、そのなかのひとりに対して話しかける。教養がない人は、だれに話すともなし、見てきたような作り話をするので、ただうるさいだけで、人の心にとどかない。

と思いつくままにとりあげたが、これはエッセイであり、私が「週刊朝日」に連載している「コンセント抜いたか!」の原型となった。白状すれば、私は、エッセイの方法を兼好法師からパクったのである。

ここで、出家のことを考える。

いまの出家は、頭を丸めて僧になることをいう。お寺に生まれた子は、仏教系の大学を卒業して、宗教者としての教養と作法を身につけて剃髪し、お坊さんになる。あるいは、俗世間にいた人が、ある日突然思うところがあって出家し、僧形になって修行するというケースもある。

兼好の時代の出家は、そのいずれともニュアンスが違っていて、出家は学問を身につける方法であった。簡単にいえば、大学への入学である。いや、もうちょっと上等で、教授になるくらいの学識がないと、一流の出家はできなかった。出家は高等技術であり、世俗のわずらわしさから身をひそめつつ、学識者としての自己を確立する。もちろんそのへんのボンクラあんちゃんの出家もあるし、天皇や武士の出家もあったけれど、出家は、世をはかなんだ果ての孤絶ではない。

芭蕉が尊敬した人に西行がいる。

出家する前の西行は、上皇を守護する「北面の武士」であった。皇居の北面を守る武士で、上皇の親衛隊であり、いまでいえば警視庁公安幹部といったところである。政治と直結している。

西行が出家したのは、「悟り」ではなく保身であった。そのまま上皇親衛隊をつとめていれば、天皇と上皇が争った保元《ほうげん》の乱を乗り切れず、殺されていたはずだ。かりにうまくわたり歩いても、それにつづく清盛vs義朝の平治の乱は乗り切れるものではない。

西行は出家という就職をしたのである。

西行が出家したのは二十三歳で、ちょうど私が就職した年齢である。私が会社をやめたのは三十八歳で、三十八歳の西行は東北行脚から帰って高野山に庵を作り、日々、歌作にあけくれていた。

三十八歳で会社をやめたとき、私も、「これで出家できる」という自信を得た。

西行や兼好ほど教養はないし、坊さんのように頭を丸めるわけではないが、真似ごとをしてみようという気になった。世捨て人になるのではない。不逞の精神についていくことにした。

希望退職は、「会社をやめて自立する」絶好の機会ではないか。合法的出家である。

組織から離れて自分で好きな道を行けばよい。昔の文人たちの出家に学べばよいではないか。と、そう思った。

会社をやめてから半年ほどは、たいしたこともせず、ぶらぶらと過ごしていた。なにをしていたかというと、ひたすら眠っていたのである。

そのとき、中学生になったばかりの息子が学校で「うちのお父さん」という題で作文を書かされた。クラス全員の作文がガリバン刷りで冊子となり、親もとに配られてきた。息子の作文は、

「うちのお父さんはいつも寝ています。理由はよくわかりませんが、ぼくが学校に出かけるときも、帰ってきたときも寝ています。……」

というところからはじまり、ようするに、「父がいつも眠っている」という状態を中学生の眼で観察していた。

「これはやっぱりまずいわよ」

と妻がいい、私も、

「まったく、そうだなあ」

と反省した。

それで平凡社を退職した仲間七人と青人社という出版社を作った。社長は平凡社常務取締役編集局長をしていた馬場一郎氏だった。

「きみの肩書をどうしようかね」

と馬場さんに訊かれて、即座に、

「常務取締役編集長にします」

と答えた。

自分で作った会社だから、役職名は好きなようにつければよい。専務でもよかったが、青人社の前にある八百屋の息子が「専務」と呼ばれていたので、やめたのだった。社の役員になるためには、自分で会社を作ればよい。なーんだ、こんなに簡単なことだったのか、と思った。

青人社時代の話は、平成十八年秋に『昭和出版残侠伝』（筑摩書房刊）に書いた。西行や兼好のことは、いろんな本に書いてしまって、おふたりとも私の恩人である。

新年やまた恩のある人に会ふ

という名句がある。新年を迎えるたびに恩になった人の顔を心のなかに思い浮かべて、自分が生きていることを感謝する、というほどの意味である。新年の抱負を述べつつ、旧恩を忘れないという態度がすがすがしく、だれの作かというと、私の句である。

兼好に関しては、小説や評伝などいろいろと書いたが、私の現代語訳『徒然草』（講談社版・古典シリーズ）はロングセラーとなっている。兼好のフンドシを借りて相撲をとってしまった。

『徒然草』を読むと、兼好が捨てたのは世間ではなく、世間のわずらわしさであることがわかる。兼好は「仏ごころ」を説きつつも、来世のことなどいささかも信じてはいない。隠者の姿をした現実主義者であった。

西行も兼好も不良定年者であった。

芭蕉も一茶も不良定年者であった。

そして平成の時代には、不良定年となって悠々とわが道をいく諸先輩がいる。私もまたそうなりたいと願う。

この世は兼好が説くように「無常であるがゆえに楽しい」のである。命に限りがあるのだから、残った命をどのように享受していけばよいか。そのためには、総論にとどまっているだけではだめで、森羅万象にわたる、物の見方や行動力が必要となる。ということで、ここより、各論に入ります。

PART1……不良定年の実録的生活と意見

人生十五番勝負

大相撲がはじまると、人生もまた十五番勝負だな、と思う。はたして、いまのぼくは何勝何敗なのであるか。

人が現役でいられるのを七十五歳とする。それ以上生きれば、オマケである。八十六歳で没した父は、「七十五歳からあとの日々は俳句の字あまりみたいなもんだ。字あまりに味がある」と自慢していた。まあ、それは、それでよい。

七十五歳で十五勝負するとなれば、五年間が一勝負になる。

さて、ぼくは、現在は何勝何敗となるか。

詳しく点検するとこうなる。

初日（一～五歳）　勝ち。生まれてきたんだから、とりあえず勝ちとする。

二日目（六～十歳）　負け。敗戦国家となった日本は、食うものがなく、悲三日目（十一～十五歳）惨な生活のなかで大病をして死にそうになった。勝ち。どうにか日本は復興し、ぼんくら中学生となって町をのし歩いた。楽しき中学生の日々だったから勝ちとする。

四日目（十六～二十歳）負け。勉強をせず怠惰なる生活を享受した結果、志望大学へ入れず、自分の無力を知った。

五日目（二十一～二十五歳）勝ち。ぼんくらながら平凡社に就職して編集者としての第一歩がはじまった。人生の運がむいてきた。

六日目（二十六～三十歳）負け。自己の能力を過信して増長し、同僚や友人にうとまれた。ふたたび自分の無力を知らされる。

七日目（三十一～三十五歳）勝ち。雑誌「別冊太陽」編集長となり、仕事に全力投球して編集者として力をつけた。絶頂期といってよい。

八日目（三十六～四十歳）負け。「太陽」編集長になったが、平凡社が経営危機におちいり、希望退職に応じて会社をやめた。天国から地獄。

八日目にあたる四十歳の時点で四勝四敗であった。ここまでは勝ちと負けが順番にきた。

九日目（四十一～四十五歳）勝ち。個人事務所を赤坂八丁目に設立するいっぽう、青人社を創立して生活が安定し、勝ちを得た。

十日目（四十六～五十歳）負け。四十六歳で大吐血して入院し、九死に一生を得る。行司軍配は負けであったが、物言いがつき、審判の結果、軍配どおり。ことによると来場所休場か、ともいう負けであった。

十一日目（五十一～五十五歳）負け。体調が悪く、ろくなことがなく、五勝六敗と負けが先行した。ここがふんばりどころであった。

十二日目（五十六～六十歳）勝ち。青人社を解散して、執筆に専念し、著書がベストセラーに入った。

十三日目（六十歳～六十五歳）勝ち。『悪党芭蕉』（新潮社刊）により泉鏡花賞と読売文学賞を受賞。運が向いてきた。

六十五歳の時点で七勝六敗となった。

六十歳は定年の年である。定年を迎えた人は、それまでの自分の星取り表を計算してみて下さい。不良定年者の勝負はここからはじまるのだ。

あと残るのは十四日目（六十六〜七十歳）、十五日目（七十一〜七十五歳）の二番勝負である。

残りを二連勝すれば九勝六敗で敢闘賞を貰えるかもしれないが、そこまで生きているかどうか。二連敗ならば、七勝八敗で、わが人生十五番勝負は負け越しとなる。

七十五歳の前に死んだり、入院となったりすれば、ややや と、休場扱いになり、引退となる。

できることなら七十五歳まで生きのびて勝ち越したい。

残り二番勝負を一勝一敗でいきたいと思っている。

五年間を一勝負とするのは、人の運、不運は縄のようによじれ、いいことがひとつあれば、悪いことがひとつおこり、それらを五年間で総括するためである。五年周期で、勝ちか負けかをきめる。勝ちと思える五年間を、自己にきびしく採点することが重要である。甘い採点では不良老人にはなれません。

これは力士にもいえて、いかに強くて、横綱までのぼりつめても、引退後の処遇によって、七十五歳までの人生勝負は変わってくる。横綱になって親方になっても、運が悪けりゃ、悲惨な後半人生をおくることになる。

「相撲に勝って勝負に負けた」といういい方があるが、「勝負に勝って人生に負けた」人がけっこういる。

と考えてみると、人生十五番勝負で全勝なんて人は、まずいないことがわかる。学術文化に貢献して文化勲章を貰った人、事業に成功した富豪、名政治家、経団連幹部、人気小説家、人間国宝、といった人たちほど、山あり谷ありで、幾多の苦難を乗りこえてきたので、けっこう負けもこんでいるのだ。

先日会った三十代の青年実業家が、「貯金が二百億円あり、わが人生は全勝です」と自慢するから「こいつは幕下か十両で終わりだな」とわかった。十両で全勝優勝しても、幕内へあがればコテンパンにやられて、三勝十二敗ぐらいとなる。上には上がいるもので、勝てば、さらに強い相手がむかってくる。

ぼくは、十一日目で五勝六敗、十二日目で六勝六敗、十三日目で七勝六敗であったから、テレビで相撲を見るときは、そういった力士に注目するようになった。十三日目で全勝だの十二勝一敗といった優勝圏内にいる力士は、さして面白くないのである。

すでに七敗してしまって、あとがない力士を、わが身を見る思いで応援すると、相撲の見方が、もう一味変わってくる。初日から七連敗して、残りを八連勝で勝ち越した力士には、大逆転賞というのを授与してほしい。

さらにまた、七勝七敗で千秋楽を迎え、勝って八勝七敗となった力士には、崖っぷち八七賞《やな》として、八千七百円の金一封をあげていただきたい。

負けがこんでもマダマダと思う心がけが必要だ。勝っていても、七十五歳で負け越しとなることが多いから、マダマダ、である。

行司は、立ち合いのとき、力士が両手をおろすまで「マダマダ」という。

このマダマダがいいんですね。

鍋奉行のおやじが、うどんすきの具を入れて、十分に煮立たないうちに箸を出す客に「マダマダ」という。あるいは戦国大将が、敵軍を待ち伏せしているとき、はやる武将を「マダマダ」と制する。お歳暮に貰った固いメロンをすぐ食べたいとせがむ子に、母親が「マダマダ」と叱る。マダマダ、マダマダというじれる時間に、ハラハラドキドキの緊張がある。

課長昇進寸前のオヤジが、局長に「早く課長にして下さい」とねじこんで「マダマダ」といわれる。「今回は見おくられたが、マダマダ、次回の勝負を待ちなさい」。で、マダマダ、マダマダと制せられ、双方の気合があった瞬間に「残った」と声がかかって勝負が開始される。

「残る」というのは、土俵際に足がかかって、外に出そうになってもまだ、足が出ない状態をいい、「勝負はコレカラだ」というかけ声である。

古川柳に「足もとを見て世をすごす庄之助」がある。名行司は、足の動きとマワシだけを見ている。力士は、行司に足もとを見られており、「足もとを見る」の語源はこれなんじゃなかろうか。われら世間の道楽者は、相手に足もとを見られたら、もう、お手あげとなる。

行司の装束は六百年前の武士の服装で、直垂《ひたたれ》と烏帽子《えぼし》ほか、軍配や足袋を入れて百五十万円ほどかかるらしい。

立行司は、よく見ると腰に短刀を差しているのにお気づきだろうか。これは、土俵上で問題をおこしたときに、自ら責任をとるという決意を示している。

勝った力士が、控室のインタビューで、ゼイゼイと息をはずませて「ハーハー、自分の相撲をとりました。ハーハー、ハーハー」というが、これは政治家の答弁みたいで、わかったようでわからない。もっとしっかり答えなさい。

たとえば、ドーンとあたって押し出しで勝つのが「自分の相撲」なんだろうが、決まり手で三番目に多いのははたき込みで、はたき込みを「自分の相撲」とはいわない。けたぐり、うっちゃり、蹴返し、内無双、すそ払いといった奇手を得意とする力士は、こんなことはいいにくい。

まして勇み足や、かばい手で勝った力士は「相手の相撲をとった」ことになる。勝つ極意は、「自分の相撲をとる」のではなく、「相手の相撲をとる」ところにある。

負けて自分の不良に気づく

オリンピックに行く選手が「自分に勝つ」という。けれど、自分に勝っても、相手に勝たなきゃメダルはとれない。「自分のために闘う」といったオバカな女子水泳選手がいた。オリンピックは、ナショナル・フラッグのもとで闘うのだから、自分のためだけでやられても困る。自分のことしか考えていない選手は負ける。「自分のため」といっているうちは勝てない。

「自分のために闘って」無残に負けた反省から「自分に勝つ」と、宮本武蔵みたいな言葉がとび出した。ここに共通するのは「自分」であって、それはけっこうなことだが、では自分とはなにかを考えると、これがよくわからない。

たとえば、授業の予習をしようとすると眠くなる。眠いのをガマンして勉強し、試験でいい点をとるのは、自分に勝ったことになる。なまけ心を克服した。とすると負けた自分はどこへ行ったのか。じつは負けた自分のなかに、いとおしい、もうひとりの自分がいる。

高度成長期にはモーレツサラリーマンというお父さんがいた。昼も夜も休まず、ドレイのように働いて、みんなくたばってしまった。これは、自分に勝ったんだろうか。勝ったつもりでいて、そのじつ負けた善人戦士なのである。

禁酒を誓った人が酒を断つのは自分との闘いである。ああ飲みたい、という誘惑を自分でおさえる。ところが、重要な宴会があり、儀礼的に飲まなければいけないときに「乾杯!」とビールをつがれればどうしたらよいか。「いま禁酒中です」というのではカドがたつ。

禁酒しているのは、あくまで自分の都合である。この場合、禁酒中の自分に勝つとは、あえて一杯のビールをひと口だけでも飲むことなのではなかろうか。そのへんが、いまひとつわからない。

百万円の札束が道に落ちていて拾うと、だれも見ていない。ネコババするか警察に届けるか。迷ったあげく、届けずに自分のフトコロに入れてしまうのは、自分に負けたのではなく、金の魔力に負けたのである。

いま、不良中年のあいだで新幹線不倫がはやっている。グリーン車の隣の席に座った妙齢の御婦人をくどいて、その晩、ホテルで一緒に過ごしてしまう。ひと晩限りのアバンチュール。さてこれは自分に勝ったのか負けたのか。

オリンピックの柔道で日本選手が接戦のすえ強豪を倒して優勝すれば、自分に勝ったのではなく相手に勝ったことになる。あたり前の話ではないか。

文学をアリバイとした芥川龍之介、女をアリバイとした太宰治、思想をアリバイとした三島由紀夫らの自死は、はたして、自分に勝ったのか。これらの三天才は、自分を投げ出したのである。人生に勝ったわけでもなく、負けたのでもない。途中で棄権した。そこに他者の評価が入りこむすきはない。

と、ここで話は飛ぶが、せんだって、焼酎を飲んで、タクシーで自宅に帰る途中、突然、便意をもよおした。

家に着くまで三十分ほどガマンしようと思った。しかし道がやたら混んで、車はガタピシ揺れるし、尻から背骨へかけてツーンと便意がせりあがってきた。

よーし、自分との闘いだアと決意して歯をくいしばった。タクシーは遅々として進まない。そのうちビリビリと電流が走り、身をよじって耐えると一分ぐらいでおさまった。とみるま第二波、第三波ときたから、舌を嚙んで、ふんばっているうちに目の前がまっ白になった。

負けてなるものか、ここで耐えてこそオヤジの底力だアと意地をはり、ネクタイのさきを噛んで冷や汗を流していると、運転手が「お客さんどうしたの」と訊く。かくかくしかじかであると話すと、タクシーはコンビニの前で止まり「この店にトイレがありますよ」という。ああ助かったと安心したとたんにビビビーっと便意がせりあがり、漏らしそうになって、全身をSの字状にくねらせ、つまさき立ちでコンビニへ入って、奥にあるトイレにしゃがみこんで「自分に負けた」と思った。自分に負けることは、とても気持ちがよい。すーっとした。タダでウンコしちゃ申しわけないので、ハブラシセットとヒゲソリを買った。

で、思い返すと、いままで「自分に勝った」と思えることはそれほどなかった。競馬や競輪で勝てても、自分に勝ったわけではない。「雨ニモ負ケタ、風ニモ負ケタ、ま、しょうがないや」といいきかせて生きてきた。

「自分に勝つ」という考えの根本には、「自分の本性は弱い」という罪の意識がある。弱い自分がいて、それに負けないもうひとりの自分がそれをやっつける。克己の精神である。

日本人のほとんどはそんなことは考えず、とりあえず流れるように生きていたんだから、欲望に忠実であった。自分の欲望をかなえるために汗水流して働いて、酒を飲み、道楽で無駄づかいをした。「わたしに勝つ」といったって、なにがなんだかわからない。

江戸の商家では、使用人が独立して新しい店を持つことを「自分商い」といった。自分はわたしとは違い、「自立したもの」というニュアンスがあった。わたしはあるがままでも、自分はちょっと偉いのである。

克己心が強い人は、ひたすら勉強して遊ばず、いい大学に入る。入学してから、さらに努力して一流会社に入る。

しかし会社は禅の道場ではないので、いくら自分に勝っても、業績があがるわけではない。業績をあげるためには自分ではなく、競争するライバル会社に勝たなくてはいけない。

歳をとってもジョギングをつづけ、トレーニングをおこたらず、筋肉モリモリでマッチョマンのオヤジは気持ちが悪い。ほとんどのオヤジは自分に負けて、腹がポコンと出て、さしたる展望もなく生きている。

あるいは菜食主義者となって、ヨガにはまり、ガリガリにやせて偉そうな人生訓をたれる善良老人とも、お友だちにはなりたくない。

「自分」といういい方は軍隊で使われた。「わたしは……」なんていえばひっぱたかれ、「自分はナニナニであります」といわなくちゃいけなかった。

いま、自分に勝とうとしているのは自爆テロリストである。大義のためには、命を捨ててもおしくない、と考えている。殉死するには、強い意志が必要である。だけど自爆テロにまきこまれて死ぬ側の身になれば、迷惑千万な話で、死んでも死にきれない。他人が「自分に勝つ」のにつきあわされるなんて、いったい、どうしたらいいんだろうか。

ということで「自分に勝つ」なんて偉そうなことをいっているうちは、まだ一人前ではないのだよ。自分に負けてから不良定年がはじまる。

名刺をどうするか

会社をやめたときより、しばらくは名刺を作らなかった。「名刺のいらない人間」をめざしていたからだ。しかし会った相手に名刺を差し出されて「ぼくは名刺がありませんので」というと、「あなたは顔が名刺ですからね」と相手の人が弁明してくれた。

先輩の作家が、「名刺を持たないのは、かえって威張っていることなんだぞ」と教えてくれて、名刺を作ることにした。世間は名刺なしに生活できないという現実を知った。

名刺を作ると、会社時代より使用数がずっとふえた。なにかの会合に出てひとりに名刺を渡すと、見知らぬ人がつぎからつぎへと名刺を渡しにくる。一回で三十枚ぐらいの名刺がなくなり、けちになって、相手の人相を見て、渡すようにした。将棋の芹沢九段は、大会社の講演会でつぎつぎと名刺を差し出す社員にむかって、「課長以下の名刺はいらない」といった。いいたいことをズバリといったので、ぼくも真似をしてそういうようにしていた。

ぼくが、そういう現場を見た先輩の作家が、「名刺なんてケチケチすんな。バラまく気分でいっぱい渡せ。だれでも有名人の名刺は欲しいものなんだ」と教えてくれた。それからは箱入りで名刺を持ち歩くようになった。

それでも見知らぬ人にこちらの住所や電話番号がばれるのがいやなので、住所は「旅行中のため住所不定」と印刷したものを用意した。すると「それがめずらしい」ということで、名刺交換をしたがる相手がふえた。

このところ、定年を迎えた友人が多くなり、再就職さきがある人は、その勤めさきの名刺を作る。できがいいのは「大学教授」に転身している。せんだって、坂崎重盛と、「おれたちは肩書をどうすりゃいいのかね」と話しあった。重盛は、隠居の達人であるから、肩書は「隠居」として、ぼくは「道楽者」とすることにした。

隠居と道楽は似ているようで違う。どっちが偉いかといいあっているのを、雑誌の編集者がききつけて、「対決! 隠居か道楽か」という対談をしたが、双方ともに不良定年なので、なにがなんだかわからないうちに、「どっちでもいい」という結論になった。

隠居と道楽に共通するのは退歩的であるところで、いささかも進歩的でない。ズルズルズルとずり落ちるところに快感がある。

ということを『「退歩的文化人」のススメ』(新講社)という本に書いた。不良定年後の醍醐味は退歩的生き方にある。ひと昔前は進歩的文化人が猛威をふるったが、いまはすたれていなくなり、それに代わって登場したのが退歩的文化人である。

定年後、することがなくなったオヤジを、濡れ落ち葉という。これは、みっともない老人への侮蔑語として使われるが、これぞ退歩の極にあり、しっとりと湿った情感にみちている。あるがままの天然で濡れ落ち葉となり、土に戻っていくのはいいじゃないの。好きでやってんだから、ほっといてくれ。

それに対して、粗大ゴミがみっともない。老後の体力と能力を過信して、ひたすら上昇しようとした者が失敗して、粗大ゴミとなる。

会社人間は、「定年という就職」をしようとする。そういった善人定年の指南本が多く、お仕着せの善人化プログラムが山盛りだ。ひところ人気があったゲートボールは七百万人の老人が参加していたが、あまりにダサイため、いまは百万人ぐらいに減った。これは当然の結果である。ゲートボールをやるひまがあったら、道路工事の杭を打っていたほうが社会の役に立つ。

老人介護の億ションがさかんだが、隠居や道楽者はそんな金満家収容所ではなく、長屋に住みなさい。お金をためた淋しい会社人間は、現状を維持して善人的老後を保とうとするために、そういう仮設浄土へはまりこむ。退歩的な不良定年組は、貧乏長屋で、のらりくらりと生きていきゃいいのだ。

会社での評価と世間の評価はまるで違う。また、会社への忠誠心といった心情は、ギマンだらけである。これは会社をやめたときに身にしみてわかった。

会社は点数社会で、目標達成という集団の意志で動いていく。これが、人間としていかにゆがんだ価値観であったかは、会社をやめてわかることだ。

いまは、不況とリストラによって、実質的定年は五十歳ぐらいになっている。年金はあてにできず、わずかの貯金は低金利でめべりする。さあどうすりゃいいか。

現役から隠居へ、はそうそううまく移行できるものではない。だいいち、隠居や道楽には目標というものがないんだからね。したがって達成感もない。といって、ダラダラと定年を迎えて、「それじゃあ不良になります」というわけにはいかず、準備がいる。

ことに大企業の労務管理をしてきた人は、この価値観の転換が難しい。養護老人施設へ入って一番嫌われるのはこういったタイプである。

老後生活には、計画の完成がない。そこに求められるのは、退歩的な不良の日常であって、ふわりふわりと下り坂を降りていく術を心得ねばならぬ。お仕着せの定年文化は、老人の再教育システムで、「なにかしなきゃいけない」という強迫観念を与えるだけである。老人には百人百様の下り坂があるのだ。

不良定年となるコツは、粗大ゴミではなく、風に舞う落葉にある。

会社より世間、億ションより長屋、年金より借金、上り坂より下り坂、スピードより熟練、働きバチよりナマケモノ、孫より自分、多忙より貧乏、再就職より自由時間、背広よりジャンパー、人格者より自分本位、理論より技術、自立より孤立、前むきより後ろむき、である。

ぼくは「早くムカシになればよい」と願っている。これ以上進歩なんかしなくてよい。進歩という呪縛からとき放たれれば、どれほど自由になれるか。

若いころ、ぼくは進歩的青年であった。いや、あろうとしたといったほうが正確で、自分なりに努力して、がむしゃらに「進歩しよう」と思っていた。マルクス主義の本ばかり読み、雑誌は「世界」と「中央公論」だった。

ふり返ってみれば、進歩的と思っていたことは、そのことごとくが幻想であった。理想を追って、現実の世間とぶつかった。そして、四十歳をすぎてから、「田園まさに荒れなんとす いざ帰りなん」という陶淵明の心境となり、ありもしない昔の田園を幻視してきたのだった。

不良定年のお正月

不況の風が吹いても、ブーブーいわずにめでたい新年を楽しむ心がけが大切だ。
①窓から見える富士山。石段の坂の上、屋根裏の三角窓、会社の窓から、日本晴れの富士山が見える。
初富士を窓いっぱいにながめおり　（新幹線運転士）
酒なんか飲まずに、ちゃんと運転してよね。

②カレンダーの一月の絵はぴかぴかで晴れがましい。暦は一カ月に一枚めくるのがよく、一枚の絵で三カ月ぶんのはけちくさい。ぼくは自分用の日めくり俳画カレンダーを作った。日めくりも味わいがある。

三日ぶん日めくり破るひとり者　(不精娘)

③新年会で遅くまでねばる人がおります。

だらだらと残り酒飲む宴会場　(万年係長)

いいんだよ新年なんだから。

④新年はパンツやモモヒキなど下着を新品にする。セロハン紙をばりりと破って長そでシャツをとり出し、腕をそでに通すときのヒヤッとした感触がめでたい。ところがピンク色のパンティを買って、もったいなくて脱いじゃう娘がいる。寝るときに、

パンティを脱ぎっぱなしで風邪をひき　(トンチキ)

ズロースをはくま亭主は目をそらし　(倦怠期)

やだなあ。

⑤書店に並ぶ一月の新刊がめでたい。

一月の時刻表繰る指のさき　(流れ者)

⑥初荷ののぼり。

南国の香をのせてくるみかん船　（紀文）

江戸時代の話だけど。

⑦町内の新年初売りサービス。

初市は白菜ひと山二百円　（八百屋）

と見わたすと、けっこうめでたいものがある。

⑧消防署の出初め式は威勢がいい。

雪晴れの小さき町の出初め式　（あんちゃん）

これは自分でも気にいっている句だ。こういう町へ住んでみたいと思う。

⑨ずらした休み。正月に働いていた人は、一月十日すぎに休みをとる。旅行会社、食堂従業員、新聞社、芸能人。昔は一月十六日から藪入りとなって、大店の住み込み小僧は暇をもらって帰郷した。

藪入りの二人落ちあう渡しかな　（子規）

色っぽいねえ。なんか、ジーンとくる。

⑩新年の銭湯。手ぬぐいぶらさげて熱い一番湯につかりましょう。

からころと下駄を鳴らして初湯かな　（失業者）

まあ、そのうち仕事が見つかるから。

⑪風呂につかって、浴槽から湯があふれでるとき、贅沢な気分になる。
あふれる湯アルキメデスの目でみつめ　（科学少年）
発見は日常生活のなかにあり。
⑫新年の温泉は、めでたくて気分がよろしい。
　宿帳で仮の夫婦となる一夜　（不倫者）
困ったもんだね。だけど「不倫」と記帳するわけにもいかないし。
⑬新年の海辺の散歩。初日の出を見る客が終わった冬の海辺をそぞろ歩いて、砂浜に漂流してきた木を拾う。
　波がきてLOVEという字を消していく　（失恋者）
お気の毒に。砂に文字なんか書くからふられるんだよ。
⑭正月の残り物を食べ終わったときは、充実感がある。
　厚焼きのハム焼いている小正月　（老夫婦）
小正月は一月十四日〜十六日ごろ。お歳暮に貰ったハム一本はてごわい。
⑮鏡餅を割るとき。飾っておいた鏡餅のカビをふいてカナヅチで叩いて割り、お汁粉に入れる。
　貧乏を叩いて払え鏡餅　（零細企業社長）

これは、青人社時代の自分の心情を詠んだ。三、四人が背広にネクタイ姿で電車に揺られているのがういういしい。

⑯年始廻りのサラリーマンがいる電車。

三条の橋を超えたる御慶《ぎよけい》かな　（許六《きよりく》）

江戸時代にも年始廻りがあった。許六は彦根藩士で芭蕉の弟子。

⑰初雪が降った朝。窓をあけると一面の雪景色が目に入る。世界が一変した気分で会社を休んじゃう。自分の住んでいる町が、どこか別の町に感じられる。

雪の朝女の肌のありがたさ　（四十歳オヤジ）

なにやってんだか。

⑱置きゴタツで寝るとき。電気ゴタツに足を入れてミカン食べてると、やたらと眠くなる。座ぶとんを枕にして寝入ってしまう。あらま、妻君も足を入れてますな。

おたがいの足の短さ知るコタツ　（新婚さん）

⑲遅れて届く年賀状。一月十日ごろに年賀状がきて、返事が遅れたことをわびている。

言い訳の賀状を書いて松納《まつおさ》め　（正月に風邪ひいてたおばさん）

⑳一月の手紙。

忌にあった友の妻より初便り　（還暦男）

つぎは自分の番だと覚悟しながら、しみじみと詠む。

㉑年末ジャンボくじの抽選会。あきらめていたけれど、やっぱりあたらなかった。しばしの夢を見せてくれて、

大金はあたらぬがよしジャンボくじ　（子だくさん）

負けおしみだよな。お年玉つき年賀状の抽選会は賞品に魅力がなくて興味がわかない。宝くじつき年賀状を発売すればよい、と提案したい。

㉒正月生まれの赤ちゃん。これは、めでたくもあるが、迷惑でもある。

一月は世間知らずの子が生まれ　（産婆）

ちなみにぼくも一月生まれで、親に迷惑をかけた。老母もまた一月生まれだ。

㉓カルタとり名人。百人一首カルタとり大会が開かれて、見ためはおっとりとしたお嬢様が優勝。油断ならない。カルタとりはお嬢様の本性が出る。

読むまえにカルタはじいて日本一　（箱入り娘）

カルタとりはサッカーのゴールキーパーに似ている。

㉔妻がつける新しいエプロン。新しいカッポウギを着ているのがめでたい。

わが妻を鈴木京香にみたてる日　（タヌキオヤジ）

バカだよな。しかし、こういう図々しさが不良定年になるコツである。

㉕大相撲初場所。初日の結びの一番がめでたい。

　呼び出しの声高くなる初相撲　(国技館茶屋)

力士は東と西から土俵へ出てくるが、南と北から出たっていいんじゃないでしょうか。

㉖歌会始。宮中で催される歌会始の入選者に、外国在住の日本人がいるときが、めでたい。三十年ぶりに帰国した顔に年輪が刻まれている。

　めでたきはブラジルよりの入選者　(コーヒー屋主人)

㉗駅伝中継。お正月の箱根駅伝は駒沢大学が強い。あんまり聞いたことがない大学の選手を応援したくなる。

　よかったですね。

　仏像の前に飾ったメダルかな　(駒大卒の坊主)

㉘小学校教室に貼られた書き初め。昔は、初日の出、謹賀新年、陽春、希望、なんてのが定番だったが、いまはなんだろう。

　木枯らしや増税阻止と書いてみる　(立ち喰いうどん屋)

㉙歌舞伎の初芝居がめでたい。

温泉を廻る役者の初舞台　（どさ廻り芸人）
風邪ひかないようにがんばってほしい。
㉚新しい手帖に書きこむ目標。
できないと知りつつ年の計を書き　（グータラ）
ま、書いておくだけでいいか。

東京不良地図

イワシの目刺しを食べながら「イワシの地図」について考えた。

パックの上に富山県氷見産と印刷してある。

とすると、氷見港で水揚げされて、東京築地市場をへて近所のスーパーに並べられ、わが食卓までできたことになる。

さらに、水揚げされる以前のイワシは、日本海のどこで生まれて、どのへんを泳いでいたんだろうか。紙に、そのイワシの生涯にわたる地図を描いてみた。難しい。

サンマの地図、サバの地図、ヒラメの地図、といろんな魚の地図を妄想した。サケの地図やクジラの地図はかなり広範囲にわたるだろう。

夏になると、風呂場へ蟻が侵入してくる。いくら退治してもやってくるので、庭へ出て、蟻の行列を追って、蟻穴を見つけて石でふさいだが、また別の穴から蟻が出てきた。庭じゅうの蟻の穴を見つけて「蟻の地図」が完成したときは晩秋になっていた。

ミミズの地図、蛙の地図、猿の地図、虎の地図。

さしあたって必要なのはエイズ感染地域の世界地図と、地震予測地帯地図とテロ事件多発地区の分布図であろう。

犬の地図は、嗅覚による犬のための地図である。

野良猫の地図はおよそ半径五十メートル以内に限定されるだろう。

さて、人間の地図は、人工物が主なる目印になる。ためしにもよりの駅から自宅までの地図を描いてみると、これがけっこう面倒だ。電車路線を描き、バス停を記し、コンビニ、鉄塔、池、ガソリンスタンド、交番、学校あたりが重要なる目印となる。

わけがわからぬのがデザイナーが描く地図で、見ためはすっきりしているが、これで目的地へ着いたためしがない。展覧会がひらかれる画廊の地図にこの手が多く、ようするに模様なのである。

デザイナーが描く地図より煙草屋のおばちゃんが描いてくれた地図のほうがわかり

やすい。ただし、これは路上の目線しかない。

行くさきに電話で問いあわせると、大通りを左へ入って三つ目の信号を左折して五十メートルいったところにあるコンビニを右折して、S字カーブを、といったあたりからチンプンカンプンになる。

地図は鳥の目（上空から見る目）と虫の目（じっさいに歩く目）の二つが重要で、これをかねあわせるのがコツである。

基本は中学一年生の学力でわかる地図でなければならない。

自宅から勤めさきまで、中一の生徒が行ける地図を描けば、一日かかるだろう。電車の乗りかえだけでかなり難しい。東京の地下鉄は、駅の出口がいくつかあるから、地上に出たときに方向感覚がわからなくなる。

これは都市部ゆえの問題ではなく、山岳地帯だって同じで、地図や標識をたよりにしても遭難者が出るのは、そのためである。

また、ボートで海を漂流すれば、星を頼りにしたってそうそうわかるもんじゃない。

クルマにはカーナビという便利なものができた。ひと昔前は、妻が運転して、助手席に座った夫が道路マップを見て、「つぎを左」だの「あと三つ目の信号を右」だのとナビゲーションしたものだが、いつも間違って、とんでもない方向へ進み、妻から

「あてになんない人ね。あんたなんかと結婚するんじゃなかった」と叱られて、しょんぼりとした。

カーナビをとりつけてからは、女性の声で「このさき百メートルを右折」と案内が入るから便利になった。ところが道をよく知っている人はカーナビの指示を無視して進む。これは人間ならへそを曲げることになるが、カーナビは冷静沈着だから、無視しても怒らずにつぎの指示をしてくれる。ありがたい。

しかし、便利なものには落とし穴があり、カーナビを操作して嘘の情報を流せば、クルマがつぎからつぎへ断崖絶壁から海へ落ちる可能性もあり、カーナビ殺人事件ができる。

カーナビを全面的に頼ることは危険を伴う。頼りになるのは最終的には人間の目線で、カーナビはあくまで補助にすぎない。昔ながらの道路マップなら、こういう危険は回避できる。

不良定年をした人のための不良定年地図が欲しい。定年後の不良オヤジが町歩きして遊びまわるための地図だ。さしあたって東京版は、私が書くことにした。

私は根っからの方向オンチで、地図をさかさにしたり、横にしたりしても間違うことがたびたびであった。で、十年前から地図を描く練習をした。

地図は、国土地理院のものが正確だが、細かすぎて、実用にはむかぬ難がある。東京から津軽へ行くまでの地図を持ち歩くのは重すぎる。

『芭蕉紀行』(新潮文庫)と『ローカル線温泉旅』『ローカル線おいしい旅』(ともに講談社現代新書)を刊行したときは、自分で地図を描いた。三冊あわせて五十枚ほどの地図だが、やってみるとこれが想像以上にやっかいで五十枚仕上げるのに一カ月を要した。

日本列島を、北へ南へと移動するのを一ページに描くには、省略が不可欠である。かといって、デザイナーが描く絵地図のように、絵ばかりが大きくて、道がまるでわからないのでは実用とならない。旅する人の目安とならなければ地図など不要である。

手描きの地図に関しては、必ずといっていいほど、地元の人から文句がくる。一本道が足りないとか、市役所の位置がずれているとかで、あげくのはては「この無学者めが」とののしられて、インターネットで「大まちがい」と流される。それを知りつつ描くのは、旅する人のためと自負しているからだ。

このところ、私の文庫本や新書を持って旅する人に、旅さきでよく会うようになった。

会った人は文庫本に印をつけていて、

「ここまでは廻りました」

と得意気に報告してくれる。

それは、私が紀行文を書く愉しみに通じ、頼まれもしないのに文庫本のトビラにサインしてしまう。

で、いま考えているのは人生の地図である。

紙の中心に小さなマルを描く。

これは五歳までの地図。五年ごとに区切ってマルで囲んでいく。五十歳の人ならば十本の年輪模様ができる。七十五歳なら十五本の年輪。その内容を自分で点検、分析してみる。

するとつぎのマルとなる五年さきまでの見当がつく。いまの私は十三重の年輪があって、さて、つぎはどうなるのであろうか。これは「人生十五番勝負」の項に書いた。

地図にすると、私のはマンマルではなく、楕円形で草餅みたいにゆがんでいる。マルの突出した部分をひろげるのがよい。死ぬときはマルがはじけてパチンと飛ぶのである。

といろいろ考えるのだが、さしあたっては東京不良地図が重要だ。歩くのならまずは銀座ですね。

梅雨どきは銀色の空から銀色の雨が降る。

一瞬晴れ間がのぞくと、光がぼんやりと地面にさしこんできらきら光る。

雨あがりの道路は洗われて、まっさらの新品となり、水溜まりまでが輝いて見え、これが町を歩く愉しみだ。

昔は水溜まりの上に薄くガソリンが浮いて、すみれ色の膜が広がった。あれは水溜まりのレビューであって、しゃがみこんでいつまでも見ていた。

雨があがって、よーし、とばかり町へくり出したら、おばさんが野草をつんでいた。なんだろうと思って近づくとオオバコの葉で、せんじて飲むと内臓にきくのだという。

会社勤めのころは、しょっちゅう美術館や博物館へ行った。仕事で行くのだが、ついでに常設の展示を見た。ただし一館一点に絞った。

近代美術館なら速水御舟《はやみぎょしゅう》のアサガオ。御舟のアサガオは「暁に開く花」というタイトルで、朝顔が血の色である。

血色の朝顔が、まだ薄暗い朝方にじわりと咲こうとしている。見ていると、目玉が充血した。

国立博物館なら光悦蒔絵硯箱。

科学博物館ならミイラ。

西洋美術館ならロダンの像。

ロダンの像「考える人」は美術館の外にあるからタダで見ることができる。この像は右ひじを左ひじの上についていて、真似してみたら筋肉がひきつって肉ばなれしそうになった。こんな不自然な姿勢で「考える人」なんているんだろうか、と考えた。

会社の近くに靖国神社があって、境内に特攻兵器の人間魚雷・回天があるのを見つけたときは腰を抜かした。「戦うワンルーム・マンション」といった趣だ。回天が雨に濡れて、しずくを落としている。

日暮里駅を谷中方面へ出ると、御殿坂《ごてんざか》の上に月見寺で知られる本行寺《ほんぎょうじ》がある。江戸城を造った太田道灌が、ここを物見塚とした。境内には、物見塚の碑と山頭火の句碑がある。

　ほつと月がある　東京に来てゐる

山頭火はきわめつきの不良俳人で、流浪のなかで自己の不良性を見つめていた達人だ。丸まった自筆文字が彫られている。

なんか小学生の句のようでもあるが、雨あがりの句碑は、生きていて、山頭火がさっきまでここにいたんじゃないか、という気配がある。

梅雨どきの散歩は、異次元の紙芝居のなかに連れ去られる妖気があるのだった。根津の裏通りには湯屋が多い。日が暮れる寸前は、商店街の店に灯りがつき、魚屋から威勢のいいかけ声がかかる。下町の吐息が濃くなって、買い物へ来た奥さんのスカートをつまんだまま、その家へ上がりこみたくなっちゃう。

夜になっちまえば気が落ちつくのだが、なるちょっと前というのは心がざわざわして、「この町へ越してこようか」と思う。見知らぬ町へ行くたびに、「住んでみたい」という誘惑にかられる。

で、はじめての居酒屋へ入ることになる。すすけた木のカウンターにはレンコン煮つけや、ひじき、ぜんまい、芋の煮っころがしが並んでいる。むっつりと酒を飲む。やたらと注文して、腹がふくれてくる。

満腹の胃袋は、ちょうどその人の靴の大きさぐらいになるという。

私は足だけがやたらとでかくて、「あ、こんなになるんだ」と、じーっと靴を見た。靴のつまさきのほうが上になるんだろうな。とすると、腹のなかに靴が一足ぶん入っていることになる。

気になって隣の客をゆるりとながめ、薄気味の悪い客だな、と品定めされた。

下町の居酒屋は、靴をぬいであがる店もあって、靴箱に胃袋が並んでいる。高級料理店は、客の靴を見てお金持ちを判定するというが、下町料理屋の下足番は、食べる量がわかるらしい。それから、客の不良性も判定するという。

十五年前、私は一年半かけて東京を歩きまわり、不良定年のための『東京旅行記』を書いた。この本には料理屋の値段をことこまかく書きとめたので、私の不良的散歩コースをたどる人がかなりいた。

この本はなかばコテン化して自分でも忘れていた。それが光文社の知恵の森文庫で復刊されることになり、「その後の変化」を書き加えるために、ふたたび廻ってみた。

これは思ったより手間がかかったけれど、下町の老舗はほとんど健在で、しぶとく商売をつづけている。意外だったのは、値がさして変わっていないことで、十五年前と同じ料金の店もあった。

十五年前は、坂崎重盛氏と一緒に廻った。坂崎氏は散歩の達人で、朝日新聞（東京本社版）夕刊に「TOKYO老舗・古町・散歩」を連載してそれが朝日新聞社から刊行されるや、たちまち重版となった。ということは、十五年前から私と坂崎氏はつるんで、東京を遊び廻っていた不良仲間ということになる。東京の横丁にしみこんだ厚く深く濃い時間をさかのぼる旅であった。

いまは六本木ヒルズに代表される新ビルが建てられ、東京は大きく変化しようとしている。不況なのにどこも新ビルの工事中でいやな感じだ。こういった新名所は、見ためは新しいが、中味が薄く、値段だけ高い。店に入っても典雅なる情感がない。マニュアル化されたサービスと、こけおどしの料理ばかりだ。

東京は、江戸の風物はほとんどなくなってしまったが、不良の道楽者が多いのは江戸時代からの伝統だ。放蕩しつくした人、律義で通した人、財をなしたお金持ち、と、年寄りの風体はさまざまだが、古い町を仕切っているのは不良の気配をしょった年寄りだ。

私も早く歳をとって、性格のイコジな老人になりたいと思う。

東京で出合う風景は、記憶のなかの昔で、できたての新ビルも完成したとたんに昔になる。風景が昔へむけて朽ちていく。その崩れていく時間が東京なのである。

そう思って東京都の地図を見ると、胃袋の形をしている。東京は日本列島の胃にあたり、かたっぱしから食っていく妖怪都市なのだ。

東京で一番好きなのは入谷の朝顔市で、歩けないほどの人混みとなる。

もうひとつは江戸川の夕暮れ。橋が黒い影になり、橋の上をトラックや乗用車がシルエットとなって走り、上空を渡り鳥が群れをなして飛んでいくのがいい。

魔法のハローワーク

五十六歳になったとき、吉本興業の横澤彪プロデューサーが「いよいよ、嵐山さんも小学一年生ですな」といった。へんなことをいうなあ、と首をひねると、横澤式は五十歳で一度ゼロ歳に戻って、新年齢を計算するのである。

こうすれば五十歳をすぎてからの後半人生が新鮮になる。五十歳で一度チャラにすると、五十六歳は六歳となり、小学校一年生になる。

そう思うと爽快な気分になり、さんざんヤンチャをやってきた。いま、横澤式で計算すると十五歳で、花の中学三年生である。さて、どんな不良生活をしようか、とわくわくしてきた。

私の同級生は、定年を迎えて、第二の人生設計に入り、温泉めぐり、素人画家、陶芸、地域ボランティア、民話収集、世界旅行、帰農、パソコン入門、植物採集、ふれあい工房、といろいろやっている。会社を売り払って、奥様とふたりで日本各地を遊び歩いている人もいる。定年後のメニューは盛りだくさんだ。

しかし、サラリーマンの場合は、年金だけでは食っていくわけにもいかず、ハローワークへ通って仕事をさがしている。それがうまくいかないのは準備不足であって、横澤式に、五十歳でチャラとして、六十歳からの不良人生の設計をしておくほうがいい。

これが「魔法のハローワーク」へ行くコツである。詳しくは「本の雑誌」に掲載されていた。「本の雑誌」の記事は「打倒ハリー・ポッター!? 夢のファンタジー」というもので、ようするに大長編ファンタジーの提唱である。

四十代から五十代の主人公（妻一人子二人）がリストラされて、職を求めてハローワークへ行き、特殊な求人ファイルを見て異世界へ飛ばされる。ある者は戦場へ、ある者は氷の山へ行き、邪悪な魔法使い集団と闘う。勝つ者もあり、負けて死ぬ人もあり、リターンマッチもある。

あんまり面白いので「よし、つぎはこの手の小説を書こうか」と、「魔法のハローワーク」ストーリー図解に見入った。ただし、これはファンタジーであるから、あくまで虚構の世界のお話だ。

かつて片岡千恵蔵が演じる『多羅尾伴内《たらおばんない》』シリーズの映画があり、「あるときは独眼の手相見、あるときはタクシー運転手、あるときは植木職人、あるときはセールスマン、あるときは門番、あるときは魚屋、あるときは浪曲師、しかしてその正体は名探偵タラオバンナイ」という内容だった。七つの顔を持つ名探偵は、なにに変装しても、観客にはすぐ、多羅尾伴内とわかってしまうのがB級映画のいいところだった。

有能な人材ほどリストラされる時代にあっては、第二ラウンドは、七つの顔は無理でも、せめて二つの顔があったほうがスリリングだ。

浅草の浪曲師（じつは筑摩書房編集者）という女性がいる。独身できわめつきの美人だ。陶芸家（じつはKGB）、自動車整備工（じつは経団連会長）。

わが家の庭の草とりにきてくれた老人三人組が、じつは元銀行支店長、元薬品会社部長、元商社役員と聞いて仰天したことがある。市の斡旋で働いている定年職人たちであった。障子張りかえをしてくれたのは、元大学教授だった。つまり、わが家よりずっとお金持ちで教養ある人が、道楽でやっている。

路上観察家（じつは赤瀬川原平）なんてのが理想で、これは、げんにそうである。

漁師（じつは経営コンサルタント）

野菜引き売り（じつは砲丸投げチャンピオン）

メロンパン売り子（じつは防衛省参謀）

リサイクル運動家（じつは万引団首領）

祈禱師（じつは民主党議員候補）

喫茶店主人（じつは破戒僧）

と、キャラがそろってくると妄想はさらにふくらむ。

植物学者（じつは麻薬中毒患者）

峠の茶屋（じつは元警視総監）

リンゴ園経営者（じつはオカルト宗教教祖）

剣道道場主（じつは放火マニア）

名所ガイドボランティア（じつは怪人二十面相）

落語家（じつはテロリスト）

讃岐うどんスタンド主人（じつは日本サッカーチーム監督）

キャバクラホステス（じつは首相令嬢）

コンピューターのプログラマー（じつはフーリガン）

風景写真家（じつは銀行強盗）

宝くじの売り子（じつは女子マラソンの世界チャンピオン）

美容師（じつはミイラ密造人）なんてこわそうで、ぞくぞくする。おつきあいしてみたいタイプ。女性客にダイエット薬を飲ませて、カラカラの干物にしてから自宅地下室で燻製にして、寺院に売る。ミイラとなった即身仏は客がありがたがるから観光寺は欲しがります。

生花教室師匠（じつはゲイのプロレス審判）なんてのもいい。筋肉モリモリで胸毛が濃いディープなお師匠様。

大道芸人（じつは秘密外交官）。

仏師（じつはバイアスロンチャンピオン）。仏師は体力ありますよ。わが町国立《くにたち》の長老である仏師、関頑亭《がんてい》翁は魔法を使うもんなあ。

茶坊主（じつはゆすりの総会屋）というパターンは日本の伝統芸。

地震予報官（じつは寸借詐欺常習犯）、
インターネット教室講師（じつは幼児虐待犯）、インテリアデザイナー（じつは婦女暴行魔）。

どうも犯罪っぽくなってきたな。

ならばアパート管理人（じつはブルー・インパルス）はどうか。普段はさえないヨボヨボのアパート管理人が、じつは元航空自衛隊の曲技飛行士で、正確にいえば第4航空団飛行群第11飛行隊隊長だったら、これはぶっとびます。サインして貰いたい。

碁会所隠居（じつは悪徳サラ金経営）

書家（じつは偽金づくり）

離島教師（じつは爆弾密造）
風鈴売り（じつはギリシャ文学者）
宮司（じつはラブホテル経営）
自然保護ボランティア（じつは米泥棒）
昔話収集民俗学者（じつは競輪選手）
ホストクラブのホスト（じつは大手企業執行役員）。夜は夜の顔を持つ。
放浪の俳人（じつは指名手配中の保険金殺人犯）。前科があり、刑務所を出たときに「下駄の音コロンと秋の出所かな」の名句が新聞俳句欄に入選していたりする。
良妻賢母（じつは妖怪）
ポルノ映画俳優（じつは鉄腕アトム）
かつお節製造業者（じつは猫）
眼鏡店経営（じつは高見盛関）
競馬予想屋（じつは馬）
馬のことは馬に訊け。勘のいい馬をゲストに加えて競馬中継番組に出演させれば、ボンクラ予想屋より、ずっと大穴をあてるだろう。
魔法の再就職をするのならば、こういった二種混合に妙味がある。一見、地味な仕事に見えても、「じつは……」という意外性に、不良定年後を再構築する楽しみがあるのだ。

らしき服装

学生のころはボロ服を着ても平気だったし、ドタ靴はむしろ自慢であったが、就職してサラリーマンになると、「ボロを着てれば心もボロだ」と気がついた。ナカミはカスなんだから、せめて服と髪型ぐらいはきちんとしていろと教えられた。で、一人前に濃色のスーツに白ワイシャツ姿で出社したが、一週間もたつときゅうくつになった。

四月の通勤電車に乗ると紺色スーツにネクタイをしめた新入社員に会う。それを見ると四十年前の自分を思い出すが、気になるのは、どいつもこいつもピノキオみたいな顔で、無表情である。似たようなスーツ姿に黒カバンを持ってゾロゾロと歩く姿は、すでに生活に疲れたセールスマンを思わせる。生気がない。

その横にそろいのジャンパーを着た学生の一団がいる。なにかの運動部らしく、英語でナントカカントカ・ユニバーシティと書いてある。あるいはダブダブのジーンズでスニーカーをはき、アイポッド（iPod）のイヤホーンを頭につけた兄ちゃんがいる。いずれも「らしい」のであるが、うさんくさい。まあ一見してバカ学生とわかる。「マゴにも衣装」というけれど、マゴとは馬子じゃなくて、孫のことじゃなかろうか。ジイさんバアさんは競って孫にかわいい洋服を買ってやる。自分の背広は十年間買っていないのに、孫には高級服を着せたいという老婆心である。

中東やアフリカの発展途上国でも、子どもはけっこういい服を着ている。ジイさんはボロ服でも子どもは衣装のおかげでかわいい。

競馬のジョッキーは、わかりやすいように、赤、白、黄、桃色、橙、緑、黒などの服を着ている。これは、レースの流れがわかりやすいように色をつけている。しかし、パドックで馬を引いて歩く人は、いずれも普段着で泥くさい。馬子に侍姿、殿様姿、礼服、豪商姿をさせたら、馬のほうがびっくりするだろう。

ムカシは定番というものがあった。

一番は白衣の博士である。白衣さえ着ていれば権威がついた。白衣の医者、白衣の看護師もしかりである。

中学校の先生でも、理科や数学の先生は、ジャンパーの上に白衣であらわれると、なんとなく貫禄がついた。漢方薬局の店主も、白衣をつけて講釈をする。
白衣はいまやインチキ商人のナリになり、いつだったか、白衣の宗教団体が全国を走りまわったあたりから怪しくなった。定番は白衣だけではなく、ほかにもいろいろある。

長髪をうしろでたばねた手相見
大きな水晶玉を前においた厚化粧の占星術おばさん
ヨレヨレコートをひきずって歩くコロンボ風刑事
下駄ばきで袴姿の私立探偵
綿入りドテラで煙管《きせる》をくわえている網元
ベレー帽をかぶった画家
アルマーニの服を着た司会者
ふろ敷を背負った泥棒
杖をついている仙人
着流し姿の侠客
といったあたりは絶滅した。
それでも、らしき服装は依然として生息しており、作務衣《さむえ》を着た陶芸家がその一例である。作務衣を着た職人はいずれもインチキくさく、そば打ち、尺八奏者、僧侶、詩人、書家は信用できない。

チャイナ服を着た中華料理コックが作る料理はまずいに決まっているが、ちかごろはへんなエプロンをつけたおばちゃん料理人がテレビに出てくるようになった。

爆発ヘアの美容師
厚化粧のデパート美容部員
紫色の着物を着た旅館仲居
オーバーオールの酪農家
銀ラメ服を着たスタイリスト
頭髪ボサボサの思想家
サングラスをつけて怒鳴る映画監督
モンペをはいている外国の文化的婦人
バンダナを巻いたカメラマン
募金箱をぶらさげたボランティア
バラをかかえたおさげ髪の花売り娘
野原で草笛を吹く田園詩人

高級香水をふりまいて出勤するホステス
高級草履をはく茶人
頭巾をかぶった俳人
麦わら帽子をかぶった市民運動家
健康優良児顔のスタバの兄ちゃん
シャボン玉模様のTシャツ着た保育士
茶髪で日焼けサロンに通うダイビングショップ兄ちゃん
肩からタスキをかけた主婦連
リーゼントヘアの歌手
カツラ見え見えのテレビキャスター
袴をつけて鎖鎌持った柔術家
ステテコ姿のバナナ売り
バラ模様のパラソルをさすシャンソン歌手
山笠かぶった船頭
三つ指つく人妻
甚平着た茶屋主人

白絣をはおって手をかざす予言者
懐中電灯と磁石を持った少年探偵団
白靴をはくカンツォーネ歌手
筋肉モリモリだけのレスラー
武者行列に殿様姿で馬に乗る市長
破れ傘持つ失業者
靴を落とすシンデレラ姫願望娘
ブランドジャージー姿の高校教師
ギターかかえて馬に乗るペンション主人
ピンクの水着で腰ふるレースクイン
蝶ネクタイのテレビ競馬予想屋
と、まあ、けっこう「マゴにも衣装」があるんですね。残ってほしいのは、
白エプロンの新妻
ふろ敷包みかかえた弁護士
パンチパーマの演歌歌手
いずれもわかりやすい。パンチパーマは、ムカシは極道の専用だったが、最近はカ

タギの人までやるから、区別ができなくなった。それで、極道はパンチパーマをかけなくなった。

いまの時代は、一見したナリではいかなる商売かが判別できない。すぐわからないごく普通の服の人が、じつは凄腕の達人なのである。「らしく」ない人がプロである。とすると、相手がナニモノかを判別するのは「匂い」しかない。いかなる衣装をつけていようが、相手の視線や言葉づかいや、ちょっとしたしぐさから匂ってくる気配からその正体を嗅ぎとる。長年の商売で身についた「匂い」は消しようがない。五月に入ると更衣《ころもがえ》の季節である。洗濯屋が、預けておいた夏服を届けてくれ、冬服を預けた。といったって、あいかわらずの古服であるから、変わりばえはない。

一茶の句に、

　衣更《ころもかへ》て坐つて見てもひとりかな

がある。

一茶は貧乏で不良だったから、夏の衣にかえてみても、ひとりである状態は同じで、私もまったく同じ心境にいる。

人間小包

電車のなかで、ヘッドフォンをつけてCDを聴いているあんちゃんがいる。ボリュームをやたらと大きくしているから、カシャカシャと音が漏れてきて、うるせえな、このガキ、どうにかなんねえか。肩を揺すってCDのなかに入りこんでいて、うっかりぶつかったらなにをされるかわからない。

あれはCDのオカルトであって、自分を音楽で梱包している。人間小包である。宅配便には、冷凍便だの割れ物便だのいろいろあるから、駕籠《かご》かき宅配便として人間を輸送する大型トラックがあればいいと思う。

東南アジアへ旅すると、トラックをバス代わりにしていて、乗っている客はやたらと楽しそうだ。大型トラックの荷台に座って移動するのは、やってみると、腰は痛むが興奮する。ムカシ、唐十郎氏が主宰する状況劇場のトラックの荷台に、篠原勝之氏や小林薫氏らと乗って移動したときは、やたらと気分がすっきりした。自分を一個の荷物にしてしまうところに快感があるんですね。

トラック通勤は、自宅集荷方式にして、朝、自宅まで迎えにきてもらう。会社の社長や役員には迎えのクルマがくる。中堅社員は大型トラックに椅子をつけて、ゆったりと座ったまま会社まで行く。新入社員は、ざこ寝方式のエコノミークラスとする。人間小包は、ナマモノであるから、細心の注意をはらいつつ、郊外の団地から会社まで運ぶ。ホロの屋根がついているタイプのトラックで、ファーストクラスはベッドつきとする。

こんなことを考えるのは、会社勤めをしていたころの満員の通勤電車が苦痛だったからだ。三十歳のころ住んでいた滝山団地からJR武蔵小金井駅まではバスで三十分、さらにぎゅうぎゅう詰めの電車で会社がある四谷まで四十分かかった。一日の通勤時間がかれこれ二時間で、ひたすら耐えるのみであった。

会社の先輩は「通勤は学習である。すし詰めの列車のなかで世間の現実を知り、闘争心を養え」と教えてくれた。「通勤の苦痛を企画力に変える気力」といわれて、なるほどとうなずき、まず思いついたのが人間小包であった。

満員電車のなかで瞑想にふけると、おばちゃんの厚化粧の臭いが、冥土の線香に感じられた。宿酔いで酒が残っているオヤジは、時代の殉教者に見え、あんちゃんのヘッドフォンから漏れる雑音も経文に聞こえた。中吊りポスターをながめれば情報収集にもなった。それが、同じバスと電車で、同じコースを通いつづけているうち、飽きてきてストレスがたまった。

そのうち、網棚に下着姿のねえちゃんを乗せて、下着の宣伝をしたらどうか、と思いついた。網棚に下着のモデル嬢が寝ていれば、朝からぱっと目がさめる。網棚のあとがお尻についたりして、なんかエロっぽい。

その企画を電通の友人に話すと、「客が傘の柄でモデルのお尻をつついたら、だれが責任とるのかね」といわれてしまった。そりゃ、そうだよな。じゃあ、通勤電車をトレーニング場にする「アスレチックカー」はどうか、とJR東日本のアドバイザー委員（三年間やっていた）として提案すると、ただちに却下されて、委員をクビになった。

つり革で懸垂をしたり、つまさき立ちの練習、倒れれば腕立て伏せ、居合術、忍法天井這い、人間ピラミッドなどをやる。満員のスポーツクラブとすれば、通勤時間を有効に使うことができるというスバラシイ企画だったのに、「現実性に欠ける」ということだった。

モンモンとしていると、電通PRセンターの友人が「異業種交流トレイン」なる構想を語った。

車内では勤めさきの会社名と役職を記し、名刺交換会とする。「わたくし、M銀行生活二十年の岡本です」「や、すると田澤部長を知ってますか。ぼくの兄です」「なら、うちへ貯金して下さい」。てな具合で、通勤中に取引が成立する、かもしれない。「おたくの社長秘書の夢子ってのはわたしの愛人ですよ」「御社の女性部長は、わたしと不倫してます」「じゃ、おたがいさまの不良ですな」。ここで下車する。てなわけにはいくはずはないか。

中央公論社の友人Y氏は、ローラースケートで通勤し、「シティボーイの生活」というタイトルで雑誌に通勤姿が掲載された。これは都心に住んでいるからできることだ。

マガジンハウスの木滑良久旦那は、「ポパイ」編集長のころ、中野の自宅から銀座の会社まで自転車で通勤していた。青山通りを走るのは早朝五時ぐらいがいいらしい。早朝の東京を自転車で駆け抜けると、気分がすっきりするという。さっそくぼくも真似すると、自宅から会社まで三時間かかってしまった。

で、会社の近くにワンルームマンションを借りて、折りたたみ式小型自転車で通勤した。会社まで十五分で着く。

快適であったが、会社が終わってから、酒を飲みにいくときに困った。二軒、三軒とはしごするたびに自転車で移動して、ベロンベロンに酔って転倒して、車にひかれそうになることもたびたびだ。

自転車を置いたところへ、翌日、とりに行くのが面倒くさい。どこに置いたか忘れてしまい、一週間後にパチンコ屋のすみに捨てられているのを見つけた。

そのうち、横須賀線で通勤している同僚のM君が「通勤美人カタログ」を見せてくれた。通勤の途中で会った三十人の美人社員のカタログだ。勝手に白雪姫、シンデレラ、紫の上、横浜小町、白衣天使、ジーナ・ロロブリジダ、などと名前を記し、似顔絵が描いてある。

それら麗人の観察日記がこと細かにつづられていた。「この日の白雪姫は物悲しそうであった」「紫の上はラッシュ時の古典文学です」「小町は瞳が輝いている。きっと不倫しているのだ」と日々の様子が妄想録となって記録されており、M君は通勤をカタログ小説と化すことによって、寸止めのストーカーとなっているのであった。

そのころは、航空会社はスチュワーデス・カタログを出していたから、通勤美人カタログがあってもいい。M君は第三編まで計九十人を記録した。途中で姿を見かけなくなった通勤美人の行く末を、あれやこれやと推理して「幸せになってほしい」と願う。

会社をやめてからは、ラッシュアワーはさけてもっぱら午前十一時ぐらいの、すいた電車に乗るようになった。せんだって五十歳ぐらいのおやじが、ヘッドフォンをつけてCDを聴いていた。おやじは目を閉じて、指揮者の手つきで両手をあげたり下げたりしている。

これもまた人間小包なのだな、と気がついて、ジロジロとながめてしまった。

スミレの花咲く頃

なかば廃園と化したわが家の中庭にスミレの花が咲き、かたまって薄い光を放っている。

このスミレは、同じ町内に住んでいた山口瞳さんからいただいたものだ。

山口さんは、近所の野山を散歩して、スミレの花を採集して御自分の庭に植えるのを趣味としていた。そのおすそわけでいただいたスミレが、いつのまにか四畳半ぐらいの広さになって、放っておいても花をつける。

小学生のころ、野原へ花つみに行き、草花遊びをした。敗戦後で、遊ぶ道具などない時代だったから、草笛を吹いたり、笹舟を川に流したりすることが面白かった。レンゲやスミレの花は、摘んでも、すぐにしおれてしまう。

子ども心で、庭にスミレの花を植えようと思い、根っ子ごと引き抜いてきても、根づくことはなかった。野に咲くスミレを植えかえるのはけっこう難しい。山口さんからいただいたスミレは、根もとに湿った土がたっぷりとついていた。

スミレは二千種もあって、深山幽谷に咲く珍種が貴重といわれるが、わが家に咲くのは、どこにでもある、ごく普通のスミレである。茎さきが薄紫の花弁をつけて、律義におじぎをしている。

中学生のころ、近くの原っぱが宅地造成されるとき、工事の作業員がスミレを長靴で踏みつけていくのを見て、胸がちくりと痛んだ。そのうちショベルカーが、スミレを土ごと掘りおこしていくので、二、三片を土ごと拾ってきて庭に植えたが、それもいつのまにか消えてしまった。

夏目漱石の句に、

　菫程《すみれほど》な小さき人に生れたし

がある。

漱石は、背の高さが十センチぐらいの人になってみたい、と思ったんですね。背が十センチならば、スミレの花見はさぞかし豪勢なものになるだろう。

スミレの花言葉は、誠実、潔白、愛であるから、漱石はスミレの花に自分の心を託していた。スミレを見るたびに漱石の句を思い出す。

スミレは『万葉集』に出てくる花で、『和名抄《わみょうしょう》』には野菜として扱われている。西洋でも、スミレはサラダとして食べられていた。漢方薬では解毒の効用があるとされた。花の形が、大工が使う墨入《すみい》れに似ているところから、この名がついたという。

風邪をひいて熱にうかされると、頭のなかにスミレの花が咲く。喉がいたくて、けだるく、寝汗をかいて頭がモヤモヤし、ぼーっと眠っているとき、ユーウツなる脳の淵に、一輪のスミレの花が咲くのだ。風邪がなおりかけの兆候で、スミレが咲けば快方へむかう。

これは風邪をひいたときの唯一の愉しみで脳内スミレと名づけた。このところ、あいにくと風邪をひかず、脳内スミレを見ることができなかった。それで庭に咲いているスミレを七束ほど、葉ごと摘みとって熱湯にくぐらせ、ぽん酢醬油をかけて食べてみると、ほんのりと苦く、脇の下をくすぐられる味だった。

スミレは、日当たりがいいところならばどこでも咲く。鉄工所の裏庭、駐車場の空地、崩れかけた崖の中腹、駅のゴミ捨て場の横、工事中のガレキのあいだ。と、思いもかけぬ場所に、ひそやかに咲いている。

室生《むろう》犀星《さいせい》の句、

うすぐもり都のすみれ咲きにけり

はそんなスミレを詠んだものだろう。電柱の下に咲こうが駅のプラットホームに咲こうが、都のスミレには小さな意地がある。歳をとると、そのへんの空地に咲いているスミレに心をひかれ、しゃがみこんでいつまでも見てしまう。小さい紫色の魂がゆらゆらと浮いている気がする。

わが町国立には、山口瞳さんがいきつけのギャラリー・エソラというしゃれた画廊喫茶がある。山口瞳ファンならば、たいていの人が知っている店である。

五月連休にギャラリー・エソラで、山口瞳書画展「スミレの花咲く頃」が開かれ、連日、盛況であった。山口家の書庫の奥から、二十年ぐらい前に描いた風景画や書画が二十一点出てきて、それを展示した。

エソラ主人の関マスオさんの話によると、国立在住の彫刻家ドスト氏こと関頑亭さんが山口家へ遊びに行ったとき、「することがないから絵でも描こうよ」という気分で描いたものだという。

山口さんは「スミレの花咲く頃」という歌が好きで、酔うとこの歌を口ずさんだ。それにちなんだ書画展である。私は「外の雪、内の鴨」と書かれた色紙を買った。外で雪が降っているとき、家のなかで鴨鍋をつついている、という意味なんだろうか。

いずれにせよ、うまそうな色紙で大晦日《おおみそか》に、二十一年ぶりに大雪が降ったとき、この書を壁にかけて京都料亭より届いた鴨鍋を食べた。

中庭のスミレを見ると花は散っていた。その代わり、レンガで囲まれた花壇にはパンジーが咲いていた。紫色、黄色、薄桃色のパンジーで、暮れに植えた苗が、まだ花を咲かせている。スミレにくらべるとパンジーは、バーゲンセールで売ってる安物シャツの柄みたいで、食欲をそそらない。

パンジーのうしろに菜の花らしき黄色い花が咲いていた。しかし、ちょっと違う。老母に訊いてみると、パンジーと一緒に植えた葉ボタンをそのまま放っておいたところ、茎がのびて黄色い花をつけたのだという。

ナポレオンがエルバ島に流されたとき、翌春、スミレの花咲くころまでに再起することを誓い、同志たちはナポレオンを「伍長のスミレ」と呼んだ。とすると、「スミレの花咲く頃」という歌は、過ぎ去った夢を追うことではなくて、「再起する誓い」がこめられている。

山口瞳ブームの再来で、若い人たちが山口さんの本を読むようになった。山口さんは市井の庶民を大切にしたけれども、不逞の精神の人であった。競馬に行くとき、目つきが不良っぽくなった。

山口瞳さんは、しとやかなスミレを愛したのではなく、どんな荒地でも咲くスミレの不屈さを好んだのではないだろうか。

そう考えながら、花の散ったスミレ草をながめた。

ヤボ天句会

国立の谷保天満宮でヤボ天句会を開催したら、四十六人も集まってしまった。ほとんどの人が俳句初心者である。

わが町には「国立の自然と文化を守る会」というグループがあり、初代会長は山口瞳さんの盟友、関頑亭翁であった。多摩川べりを散歩して野草を観察したり、古老に昔話を聞いたりして会報を発行していたが、会員が高齢化したため、現会長の小澤孝造さんが、「もう終わりにしようや」ということになった。

で、その記念に、といっちゃなんだけど、「お別れ句会でもやろうか」ということで、兼題を「蛙」とした。

なにぶん素人だから、集まった句の半分は季重なりであったが、まあ、こまかいことはどうでもよい。

谷保天満宮は、わが町国立の守護神であって、甲州街道に面した境内は、いつもはシーンと静まり返っている。私が高校生のころは、校庭よりタンボごしに谷保天の森が見え、

田蛙の奥に森あり天満宮　（光三郎）

とおがんでいた。

宮司の津戸最《つどまさる》氏は、最近はタンボが減って、蛙が少なくなったと嘆いている。「蛙の句なんて詠めませんよ。この節は蛙の鳴く音も聞けませんな」と腕をくむから、「それ、それで句になってますよ」といった。

この節は蛙の鳴く音《ね》聞くを得ず　（宮司）

この句は三票入った。

開発が蛙追い出す里の畔　（武州人）

なんて句もあったが、これは〇票。

その代わり、

田の面《も》減り蛙の声も力なし　（筍雨）

というぼやき句に五票。みんな、谷保天裏のタンボがなくなるのを惜しんでいるんですね。

雨蛙跳《は》ねて命の軽さかな（マスオ）

は七票。マスオ君は画廊喫茶エソラ主人で、久保田万太郎ばりの句を得意とする。ちなみに万太郎は、

ふかざけのくせまたつきし蛙かな（万太郎）

で、やはり本家のほうがうまいな。

風うけてたなびく水面《みなも》蛙鳴く（杉田氏＝農家）

は初心者ながら目のつけどころがよくて四票。杉田さんが作る無農薬野菜はべらぼうにおいしい。野菜づくりの達人の句は新鮮だ。

青蛙レタス採《と》る子に追われおり（テル女）

も五票入ったが、レタスは春の季語だから蛙と季重なり。「レタス採る子」を「草をとる子」にすればよい、と、まあ私はコーシャクしてしまった。でもこの句は「レタス採る」というところがいいんですね。

古民家の野点《のだて》の席へ青蛙（ミツエ）

も五票。「いささか月並みだなあ」と感想をいうと、ミツエさんが「だって本当にそうだったんですよ」と反論した。私は、ＮＨＫ俳壇の金子兜太宗匠みたいな気分になっちゃった。

蝌蚪《かとあ》生れて水面ゆらせり孫の声　（ケイ子）

も五票。蝌蚪とはおたまじゃくしのことで、お孫さんと、おたまじゃくしが泳いでいるのを見ているシーンがほほえましい。ケイ子さんは、わが家の三軒隣の奥様で、三つ児のお孫さんが生まれたそうだ。そういや、三つ児のお孫さんが、わが家にくる野良猫ニャアと遊んでいたことがあった。

畦道にどんと構えるひき蛙　（植木屋）

これは、まあ、そういうことでしょうな。四票。素人が互選するから、わかりやすい句が高得点となる。

長老の関頑亭翁は、

弁柄《べんがら》の玉垣くぐる雨蛙　（頑亭）

で三票だが、赤い顔料のベンガラと雨蛙の緑色の対比が鮮やかで私は一票入れた。頑亭翁の句と知って、「さすが彫刻家の目ですなあ。谷保天のベンガラに目をつけたところがすばらしい」とお世辞をいったら、「なに、京の祇園のベンガラだよ」といわれてしまった。

闇たんぼ蛙の声のかしましく　（竹葉＝頑亭翁の兄上栄一翁）

も三票。竹葉氏は谷保天宝物殿新築寄付金が一千万円で一位であるが、句は九位にとどまった。

ママ下の湧水《ゆうすい》を背に蛙鳴く　（硯亭＝頑亭翁の弟で石の彫刻家）

も三票で、兄弟そろって三票はめでたい。ママ下は谷保天近くの谷の下に湧く清水で、昔は、ここで蛙がよく鳴いていたんだって。

あ、亀堂先生の句を忘れていた。亀堂先生は元国会議員で国務大臣を務めていた小澤潔氏である。四票入った句は、

葉の陰にひっそり居たり青蛙　（亀堂）

国務大臣を引退して悠々自適の日々をおくっている心境が「ひっそり居たり」にこめられている。

諍《いさか》いの風を鎮《しず》めて遠蛙《とおかえる》　（トーハン）

は十松君で、トーハンの広報誌を編集している。「諍いとはフーフゲンカのことかね」と訊くと、「いや、うちは夫婦仲がいいです。ぼくは、嵐山さんみたいに不良じゃありません」と頭をかいた。十松君の父上は、国立で富士見湯という銭湯を経営していた。

会長の小澤孝造さんは、

雷去《らいさ》りてつくばいの上初蛙　（孝造）

で一票。「雷去りて」は夏の季語だから初蛙（春）はおかしい。「雷去りて」を「雨上り」とすれば句の形になるが、小澤さんがいいたいのは「雷去りて」であろうから、うっかり添削すると、「うるせえ、これでいいんだ」と怒られそうなので黙っていた。孝造さんは、高校も大学もぼくの先輩だから、おっかない。町内句会は、そこんとこ ろがややこしい。

高校同級生の佐藤収一氏は、

絵馬蛙稲に水呼び谷保栄え　（ドコモ）

でわけがわかんない。〇票は当然の結果であろう。ただし「谷保栄え」という挨拶句の気持ちはわからぬでもない。今後の習練が求められる。

そのままでいけ還暦のがまがえる　（魚屋）

は、二票しか入らなかったが、なかなかの不良定年ぶりとおみうけした。素人句会では、こういう佳句がとられない。〇票でよかったのは、

遠き日よ子蛙どもの尾のひょろろ　（一陽女史）

で、頑亭翁の句より、こちらのほうが風格がある。

私の句は、

畦道に横丁もあり夕蛙

で三票だった。これは、夕方になると飲み歩く頑亭翁をイメージしたのに、頑亭翁はとってくれなかった。

とかなんとか、弁当食べつつのうららかな寄りあいで、無事、グループ散会句会は終了したのだった。

で、句会が終わって缶ビールを飲むうち、こういう会を終わりにしないで、これからもつづけましょうよ、という声が続出して小澤会長も「じゃ、もっとつづけよう」とあいなった。

どうなってんだかよくわからぬが、これも谷保天満宮の蛙のお告げであろう。

PART2……不良定年の蒸発的快楽旅行記

旅寝論

さて、ここからは旅の話になる。

不良定年をはたした人は、旅の愉しみを心得ていただきたい。

旅さきで寝るのを旅寝という。

草枕とは、草を結んで枕として野宿することである。

幸田《こうだ》露伴《ろはん》は、草枕して寝るたびに草露《くさつゆ》を伴侶としたから、露伴という号をつけた。

いまは野宿する人はいなくなり、ホテル、山の湯、夜行列車などで旅寝する。旅寝のなかで上等なのは昼寝であって、森の中で森林浴しながら眠れば草枕の昼寝となる。

旅に出なくても、公園の芝生、図書館、神社境内、農家の庭のゴザの上、名画座、能楽堂、地下道、人妻の膝など、昼寝に適した場所はいくつか考えられる。

旅さきならば温泉旅館の縁側、連絡船の甲板もすてがたく、南国にあるリゾートホテルのプールサイドなら申し分ない。

で、タイの北部にある古都チェンマイへ行った。チェンマイにはサムカムペーン温泉とルン・アルン温泉があって硫黄泉が湧いている。ひと風呂浴びて、花に囲まれたバンガローで昼寝をした。

泊まっているのは、チェンマイの西北にあるリージェント・リゾート・スパである。ここに来る途中、寺院の庭の木陰で昼寝している犬を見て、うらやましく思った。気温は三八度でかなり暑いが木陰に入れば涼しい。

このホテルは、スパと名がつくから温泉があるのかと思ったら、スパとは個室マッサージのことで、セラピストによるトリートメントのことであった。午後二時から、プールサイドでビールを飲み、うつらうつらと眠った。

風に吹かれつつ、空気にとろけるように眠るのは、まことに快適で、不良定年の快楽はこれにつきる。贅沢だ。

時間がゆっくりと過ぎていく。

目がさめると、日焼けで、顔がパーンとひきつった。あわててプールで泳いだものの顔面がパリパリとなって痛い。

油断していた。

鏡を見ると赤鬼みたいになっていた。

さっそくスパへ行き、全身のオイル・マッサージをしてもらった。焼けた肌にオイルを塗ると、ヒヤリとして、ほてりがとれた。

翌朝、鼻の頭の皮がはがれてきた。午後になると額の部分がヤスリをかけたようにざらざらになっていた。町へ出て、アフターケア・クリームを買い、顔から腹へかけて塗りたくった。赤黒くなった肌がクリームで白くなり、一分ほどたつと雪どけの畑みたいにマダラになった。

三日目は顔じゅうが皺くちゃになり、皮がけばだってささくれ、そこらじゅうが痒い。スパへ行くと、マッサージのおばちゃんは、

「顔にオイルを塗ると、しみて痛いよ」

といって、顔だけさわらない。さわらぬ肌に祟りなしだ。

プールサイドの繁みにねころがって、ヤム・ウンセン（春雨の野菜あえ）を食べつつ、芭蕉の葉をながめた。

芭蕉の葉は中央部分に立つ葉は勢いがあるが、左右にたれている葉はやぶれて、葉脈がぼろぼろに崩れている。葉脈がプールの水面に映ると、そこが異界への入り口のように思えてくる。

俳人の松尾芭蕉は、謡曲「芭蕉」に出てくる妖怪となった芭蕉から、号を芭蕉とした。やぶれやすい葉を自分に見たてた。芭蕉はオバケなのである。

露伴著の芭蕉『評釈猿蓑《さるみの》』(岩波文庫)をプールサイドで読んだ。一日中芭蕉の葉を観察するのも、旅寝ゆえの贅沢である。

芭蕉の高弟・去来《きょらい》の俳論に「旅寝論」という書がある。これは、「長崎というところに旅寝したとき……」にはじまる長い俳句指南書で、芭蕉の研究者には第一級資料となっている。そこに、去来の句、

猪《いのしし》の寝に行《いく》かたやあけの月

が出てくる。

夜行性の猪は夜明けの月へむかって寝に行く、というのだが、他人ごととは思えない。夜行性の私は明け方に眠り、午前十一時ごろおきて飯を食い、また昼寝をする。チェンマイの山には夜行性の動物がいるから、草枕の旅寝をすると食いつかれるかもしれない。

顔がつっぱり、そこらじゅうがセロハンテープを貼られたような感じである。皮がむける順はまず鼻の頭、額の中央部分で、つぎにほっぺた、額の横、アゴ、耳皮であることがわかった。鼻とほっぺたの境、目尻、唇の横といった部分はへこんで

いるから、なかなかむけない。

最初の心づもりでは、コンガリときつね色に焼いて帰国するつもりであったのに、これじゃあ、さつま揚げだ。タイには、トート・マン・プラークライという魚のさつま揚げがある。レストランでさつま揚げを食すと、すっげえ美人のウェイトレスが、日本語で「アリガトゴゼーヤス」といった。

チェンマイは暑いわりに湿気が少ない。高原で空気がさらさらしているから、暑いと思わぬうちに日焼けしてしまう。熱暑のころは、蚊も暑さで死んでしまう。

夜は涼しくなり、屋根つきのベランダで、ビア・チャンを飲んだ。象印ビール。タイのビールはシンハーが定番だが、象印ビールは度数が高くて喉ごしがよい。ホテルの下はタンボで、水牛が散歩し、蛙が鳴いている。こちらの蛙はギャア、ギャアと赤ん坊みたいな声を出す。

蓮葉の小盆に蓮の花が浮かび、あたりはむせぶほどの蘭の花の甘い香りがたちこめている。

夕暮れが迫ると、芭蕉の葉は黒い影となり、いまにも動き出しそうな気配だ。芭蕉は人間と似た呼吸をしていることに気がついた。

とみるま、天井から一条の青い光が走った。

小さな流れ星のようでもあり、天女の長い髪のようにも見えた。

青い光は細い線で、金色、銀色、紫色と、虹のように変化して風に揺れている。目をこらすと、天井から蓮葉の小盆へクモの糸がつながっていることがわかった。三メートルほどの細い糸は微風に揺られてわずかに弧を描き、夕闇を切りさいている。その妖しさに我を忘れてしばらく見入ってしまった。

顔と首と腹は日焼けで皺くちゃであるが、甘く、とろける官能的な夜を、ベランダの籐椅子で過ごした。


その翌日はバンコクに戻り、オリエンタルホテルに泊まった。このホテルは百年以上の歴史と伝統を誇る名門で、バブル期の日本人客にやたらと人気があった。そのころはナオ子さんという日本人担当の美人マネージャーがいた。

で、きばってオリエンテーン（地元の人はこう呼ぶ）旧館を予約しておいた。一部屋に二階の寝室があるメゾネット・タイプの部屋で一泊三百四十ドル。ところが行ってみると、旧館は工事中でメゾネットがとれず、一泊九百ドルの博物館みたいな101号室に案内された。交渉して半額にしてもらった。

101号室はジョセフ・コンラッドが泊まって小説『ロード・ジム』を書いた部屋だ。隣りはサマセット・モームが泊まって、小説を書いた部屋である。キーに六角形の銭湯下足札みたいな木の板がつき、JOSEPH CONRAD と書いてある。

重いドアをギギッと開けると古い応接間があり、その隣は天蓋つきのベッドルーム、その奥に荷物や服を入れる大きな部屋と、バスルームがある。バスルームだけで十畳以上の広さがあり、すべて、アンティークだ。

日本の城にある殿様の間のような大広間で、本来なら「立ち入り禁止」の札がついていてもおかしくない。

やだなあ。

いつもは八畳間のセンベイブトンで寝てる身にとっては、おそれ多い。荷物を持って逃げちゃおうか。

すると、中年の室内係がシズシズとあらわれて銀の紅茶ポットを置き、「なんなりと御用がありましたら、ベッド横のボタンを押して下さいませ」とタイなまりの英語でいった。

私の日焼けは、揚げる前のコナつきテンプラみたいにマダラになっている。半ズボンに着がえて薬屋に出向くと、薬局主人はジローリと私の顔を見て、奥から歯みがき用チューブみたいなものを出して「これが強力だ」といった。

薬局の裏に毒蛇研究所がある。

ここでは数千匹の毒蛇を飼育して、血清と解毒剤の研究を行っている。マダラ蛇というのがいるんだろうか、と思いつつフラフラと入った。ちょうど飼育係が三メートルはあろうかというキングコブラを素手でつかんでいるところだった。観光客相手のコブラ・ショー・タイム。

ゲイの飼育係は腰をくねくね振りながらキングコブラの頭をつかみ、コブラの口に皿のはしっこをつっこんだ。

茶褐色の毒液が白い皿の上にたらーりと出てきた。

つぎに二メートルほどのコブラを持ってきた。こちらは皮をはがされたばかりで白と黒のマダラの肌が、まだ動いている。その皮はぎコブラを、三メートルのキングコブラに食べさせるのだ。ウドンを飲みこむように、スルスルと飲みこんでいった。皮をはがれたコブラは私のマダラの肌とそっくりだ。

近くのカレー屋で白ナス入りのカレーを食べた。ココナッツミルクが入ったタイカレーで、私の好物である。ところが、このカレーもマダラ模様で私のマダラ顔と似ているのだった。

ホテルへ戻って、プールサイドで昼寝をして、チャオプラヤ川の対岸にあるオリエンタル・スパでオイル・マッサージをした。ミンツのオイルをすりこまれると、全身から赤い炎がのぼっていくようであった。天蓋つきベッドでCNNニュースを見つつ眠られぬ一夜を過ごした。

オリエンタルホテルには、三島由紀夫が泊まって、『豊饒の海』の最終章を書いた。旧館ロビーの鍵のかかった書庫にタトル商会版『天人五衰』の英訳版が収蔵されていた。

ホテル・アマリ・ウオーターゲートには旧友の高木信子マネージャーがいる。信子さんに会いに行く途中で、タクシーの運転手が「日本のイワシはよくない」というが、意味がわからぬ。

高木さんは現地の新聞に記事を書いている。高木さんの案内で、ホテル二階にあるインド人の洋服屋へ行き、白シルクのワイシャツ十二枚を注文した。普段着ているワイシャツを渡せば同サイズのものを作ってくれる。一着二十五ドルだから一ダース作っても三百ドルで、オリエンタルホテル一泊ぶんより安い。

このところタイへ来るフーテン学生は、パスポートを七万円ぐらいで売ってしまうボンクラがいて、それは三十万ぐらいの闇値がつくと聞いた。

信子さんに、私の日焼けはどうすればいいかと訊くと、ほっときゃいいのよ、となぐさめられた。日焼けした肌は、廃屋の破れ障子のようになってきた。ロイヤル・オーキット沿いのテラスでシンハービールを飲むと、心なしか肌がじっとりとしてきた。

チャオプラヤ川の対岸には、ハイアット・リージェンシーホテルとペニンシュラホテルがある。ペニンシュラホテルの日本人スタッフを呼んで、近くにいるタイ人に、「評判が悪いイワシってなんでしょうか。なんでも魚の名がついた日本人女性歌手らしい」と訊くと、

「あゆでしょう。タイの王女さまを軽視したから」

ということだった。あゆとイワシではだいぶ違うが、タイ人から見りゃ、似たようなものなのだろう。

ところで、バンコクには有馬温泉がある。

これはタイ式マッサージのサウナとスパである。

おふたりと別れて有馬温泉へ行くと、カーテンを引いた小さいベッドルームへ通された。一時間半のオイル・マッサージ二千円であった。ホテルのマッサージより格段に値が安いが、扱いが乱暴で、焼けた皮がビリビリとはがれた。よくとれない部分は

手でつまんでビーッとはがしてしまう。

翌朝は、肌はツルンツルンとなった。ああ、やっとひと皮むけた。

ただし、タドンのようにマックロである。

ホテルのプールサイドに座ると、足にヤシの葉の影が映って揺れている。金髪の夫婦連れが多い。ほほえみあう老夫婦。そのうちデブの老人がザップーンとプールに飛びこんで、水しぶきが私が飲んでいるビールグラスのなかにまで散ってきた。はりきりすぎるデブジイサンの威力はみすごしがたいものがあるな。

これより、ラジャダムナンスタジアムへ行き、シンハービールを飲みつつ、ムエタイ(タイ式キックボクシング)の試合を見るのだ。

国境の長いトンネル

電通パブリックリレーションズのT本部長から「いよいよ定年退職です。不良定年となります」と聞かされたのは昨年の夏だった。

二十余年にわたる友人であるから感慨もひとしおである。すると今年になって、「営業開発プロジェクトシニアプロデューサーとして、しばらく社で働くことになりました」

と電話がかかってきた。

広告代理店の役職名は、やたらと長くてよくわからぬものの、純情熱血ガラッパチ不良おやじであるT氏の実力は並々ならぬものがある。

そのT氏から、新潟市での講演の依頼があった。新潟日報社と朱鷺《とき》メッセが主催する「スローライフの生き方」講演会である。

「スローライフってなんなの」

と訊くと、

「嵐山さんそのものですよ」

という。

「おれはセッカチな不良でスローじゃねえぞ」

と声を荒らげると、

「あらま、そうですか。退歩的文化人って意味です」

「進歩的じゃない、ってことか」

「その通り、悠々と不良生活を過ごす人生です」

「それなら得意とするところだ」

ということで、T氏と新潟へ行くことになった。定員八百名の会場に千二百名の客がきて盛況のうちに終わった。講演会後に朱鷺メッセ会場の酒器即売店で、T氏は錫《すず》製のぐい飲みを二つ買って、ひとつを私にくれた。

「このぐい飲みはわれらの友情の記念です。不良の日々を過ごし、やがて老人養護センターに行ってヨボヨボになり、どちらかが死んだアカツキには、この盃で酒を飲み、冥福を祈りましょう」

新潟発の新幹線に乗るときに、銘酒「八海山」四合瓶と小川屋の鮭の塩引きスライスを持ちこんで、さっそく錫のぐい飲みで酒宴となった。生きながらにして、冥福を祈る予行演習だ。

父上が新潟県上越の出身だから、T氏は熱烈的新潟応援愛郷義士である。錫のぐい飲みに酒をつぐと酒の旨味がぐーんとます。いい酔い心地となってつづけて飲むうち浦佐を通りかかった。

「ここが田中角栄先生の地盤ですな。浦佐駅前に角栄先生の立派な銅像が建っております」

T氏は感無量といった顔で話し出すが、新幹線の窓からのぞくと、角栄先生の銅像は見えなかった。

「川端康成先生の小説『雪国』はすばらしい小説です。国境の長いトンネルを抜けると雪国であった……。うまい書き出しだなあ。上越国境の清水トンネルを抜けた湯沢温泉が舞台となっております。新幹線だと大清水トンネルになる」

T氏は越後湯沢駅で下車することになっている。

車窓は一面の雪山で、田も畑もビニールハウスも民家の屋根も雪が積もっていた。

新幹線の左側は南魚沼郡である。

「魚沼のコシヒカリは日本一です。立派なタンボであります。エライ！」

とT氏は興奮さめやらず、ひとりで拍手をした。

「ほら、線路沿いを流れるのが魚野川。魚野川の霧がタンボにしっとりとうるおいを与え、日本一の米を作る。右側にひろがるのは魚沼丘陵。丘陵の奥を流れるのが信濃川で、川口のあたりで魚野川と合流します。魚野川の鮎は、ほのかに苔の香りがして日本一ですな」

T氏の弁舌はとどまるところを知らず、身をよじりつつ酒をぐいぐいと飲みつづける。そのうち左手に、純白の八海山が見えるとT氏の目はうるるみ、興奮度極に達し、「八海山を見ながら銘酒八海山を飲めば成仏できます」

と手をあわせて、おがみはじめるではないか。

「八海山と越後駒ケ岳の奥には名湯だらけです。芋川温泉、折立温泉、大湯、栃尾又温泉、駒の湯、湯之谷温泉と、温泉パラダイスだ。ああ……」

これらの温泉は私も行ったことがあるので、「ふむふむ」とうなずくと、まもなく六日町を通りすぎた。

「六日町の雪国まいたけは文句なく日本一です。しんしんと雪降る町で、まいたけを育てている熱情には頭がさがります。雪国まいたけは、ガンの予防になるだけでなく、香りがよく、上品で、かつ長寿のきのこであります。重さ三キロほどの大きなまいたけができます」

T氏はガラス窓に頭をつけて、

「雪国まいたけは奇跡のきのこだ。ああ……」

いちいち溜め息が出る。

雪国まいたけは大好物で、一口ほうばると舌が躍り出し、背骨にそよ風が吹く。味のわかる知人へ、雪国まいたけを送るようになった。

新幹線が越後湯沢に近づくにつれて、両側の雪山が狭まってきた。私とT氏が座っているのは、とき28号7号車の二階席で、二階だから風景が一望のもとに見わたせた。

T氏は大声で独演するが車内はガラガラにすいている。

枯れ枝のさきまで雪が積もっている。

いままで何回も上越新幹線に乗ったけれども、これほどジロジロと詳しく見ることはなかった。

「康成の『雪国』は昭和九年から書き出され、戦時下も書きつがれて、いちおうの完結をみたのは昭和二十三年のことです。昭和四十六年の定本が出るまで、三十幾年の歳月がかかりました」

T氏はやたらと詳しい。

「あの小説に出てくる駒子みたいな女性はいるのかね」

と訊くと、

「そりゃもう駒子だらけ。町じゅうに駒子さんがいるんですよ。いい女ばっかり」

とT氏は目を閉じた。そういう話をきくと、私も越後湯沢で下車したくなった。

と、山々の奥に谷川岳が見えた。

鋭角にとがった谷川岳は、夕闇のなかで、白銀色に輝いている。

「あれが、タ、タ、タ……タニガファラケレス」

四合瓶の酒はからになり、T氏は、感きわまって、ロレツが廻らない。

私も、心地よい酔いにまかせるうち、越後湯沢駅に着いた。T氏が下車すると、スキー客が乗りこんできて、車内はたちまち満席となった。

越後湯沢を発車した新幹線は、すぐに大清水トンネルに入った。ドコドコ、ンゴンゴ、と音がして、気圧の変化で耳がクオーンと鳴った。

そして国境の長いトンネルを抜けるとフツーの町であった。梅の花だけが白い。

ローカル線がおいしいぞ

ここ七、八年はローカル線と夜行寝台列車に乗って、日本の津々浦々を旅している。ローカル線は田舎を走るオンボロ列車で、効率は悪いものの「や！　これはおいしい」と胃をキックしてくる食べ物に合うことができる。

さしずめ駅弁はその最たるものであろう。駅ホームで立ち食いするうどんやそばのたぐいは、湯気までうまい。

ここ一年間に食べたもので印象に残ったのは、北海道帯広の九百五十円の豚丼。五ミリ以上あるぶ厚い豚肉が、ウナギの蒲焼きのようにふんわりと焼かれ、ドッカーンと丼飯の上にのってゴーカイであった。

あるいは札幌市白石区にあるスープカレー。九百円のチキンカレーは一口すすったところでグラリときた。マカ不思議なスパイスがきいたスープカレーである。

青森駅前の魚市場で一皿五百円のホヤを買うと、売店のおばちゃんが皮をむいて、食べやすいように切りわけて皿に盛り、ポン酢醬油をかけて、割り箸三本までサービスしてくれた。大間産本マグロ中おち大盛り皿は千円。たまんねえなあ。

下関にある唐戸市場では伊東繁商店のフグシラコドウフが一つ三百円。皿に盛ってアサツキをのせ、ちょっと醬油をかけて渡してくれた。そりゃ色っぽい味がしましたね。

寿司屋でたまげたのは、福岡県の海辺にあるコンテナ寿司だ。荷物を運ぶコンテナを三つつないだだけの安普請で、おそらく日本一貧相なる寿司屋台であろう。なかに入ると、カウンター八席。板場の後ろは細長くくりぬいた窓で、海が見えた。

「鰺のタタキをくれ」

と注文したら、若いモンが、

「ヘイ、ちょいとお待ち下さい」

といって店の横からポンポン船を出して、鰺を漁りにいくという酔狂ぶりだ。

天然トラフグにはじまって、ヤリイカ、地ダコ、小ダイ、メッキ貝、ヒラメ、ウニ軍艦巻き、カサゴと地魚ばかり握る。たまたま漁れた金太郎という魚をあぶって握り、とめはひとくちアワビの握りで千六百円。

板前は博多からきた腕ききの職人で、店舗に金をかけていないためこの値段でやっていける。魚は、そのへんに泳いでいるのを漁ってくりゃいいんだから。

雲仙岳災害記念館の食堂の溶岩ドームカレーは七百円だった。普賢岳の形に盛ったごはんの山にジャガイモ二つ切りをのせ、火砕流そっくりにカレールーと生クリームをかけ、福神漬を火にみたてた、やたらとリアルなカレーである。コック長執念の復元料理とお見受けした。

四国に行けば、丸亀競艇場売店の一皿二百円のタコ天がいい味で、揚げたてをアチチとほおばる。

琴平電鉄の陶《すえ》駅下車徒歩三分のところに、タンボに囲まれて、赤坂製麵所があり、木造の崩れそうな店には客が三十人も並んでいた。

この店は、醬油をかけただけの生醬油うどんを一杯百円で売っている。ネギは、自分でハサミで切っていれる。うどんの切り口のエッジが立って、こしが強く、ピカッとルリ色に光った名品である。

青森から酸ケ湯温泉へ行くJRバスは、途中の萱野《かやの》茶屋で十五分間停車する。その茶屋で売っている一串百円のタケノコおでんもしたたかな味がした。

日本海沿いの象潟《きさかた》近くの道の駅「ねむの丘」売店で売っている二百円のイカリング揚げ。

岩木山ふもとのトウモロコシ畑で売っている百円のゆでたトウモロコシ。

伊賀上野で人気の西澤のコロッケは百五十円だ。

と、思いおこせば、つぎからつぎへとローカル線の旅で食べた味が思い出され、旅日記をひっくり返して『ローカル線おいしい旅』（講談社現代新書）を書いた。

お金を出せば、いくらでも上等な料理は食べられるが、こればかりは、ローカル線に乗って、トコトコと行かなければありつけない。値の高い店もいいけれど、はすっぱで値が安い味ばかりが記憶に残るのは、ローカル線に乗った興奮があとをひくからだろう。

下品の品格がディープなのは、富士宮市の焼きそばである。

インターネットで「富士宮焼きそば店」を調べると一位から五十位までの店が出てくる。富士宮は製糸業が盛んであったところで、工場の女子工員が食べるお好み焼き屋が多く、お好み焼き屋の厚い鉄板を使って焼く焼きそばが人気となった。

イワシのダシ粉と肉かすを使うところがポイントで、肉かすとは、豚の脂身をとかしてラードを作るときに残る赤土みたいなカスである。B級グルメどころか、C級D

級を通りこしたZ級の、涙が出るようなソース焼きそばだ。

この超下品なる焼きそばを食べると、頭の芯にガツーンと強い衝撃が走り、生涯忘れられない味となる。

いつだったか、テレビの深夜番組で島田紳助と松本人志が富士宮焼きそばを食べていた。それはシマダヤの「御当地焼きそば」で、島田紳助だからシマダヤなのだろうか。

シマダヤ本社へ電話をして売っている店を聞き出し、青山と麴町四丁目のスーパーへ出かけたものの、置いてなかった。あれこれと捜しまわって、ようやく二食入りを手にいれた。肉天カス、いわし粉、さば粉、青のり入りの下品な味に身震いして興奮した。下品がうまい。

日本各地には、知られざる名物料理があり、それは味のレベルをこえて、質実官能が入りまじったシビレとしかいいようがない。これは不良の品格に通じる。

また、別の日は松阪《まつさか》まで回転焼き肉を食べに行った。

「一升びん」という店であった。回転寿司と同じ要領だが、席は四人掛けで、テーブルに焼き肉コンロと、塩、コショウ、タレが置いてある。コンベアに乗って皿がぐるぐると廻ってくる。タン四切れ皿四百円。カルビ一皿五百円。ホルモン一皿二百五十円。ハツ一皿三百円といったところが人気で、やたらと安い。キャベツやピーマンなどの野菜までくるから、全部で百種類ぐらいの皿がある。

なんてったって本場松阪牛の内臓であるから、新鮮でパワフルである。ビールを飲みつつ腹いっぱい食べて一人三千円であった。

店内は家族連れで満員だった。これだけは、松阪に行かなければ食べられない。

フランス料理、イタリア料理は回転方式はむかない。ロシア料理もむかない。中国料理のいろいろもいいが、温かい料理はさめてしまうため、これも難しい。

タイ料理のタイスキや中国料理の重慶火鍋ならば、具をぐるぐる廻して好みの皿を選ぶのがいいが、日本ではそれほどなじみの料理とはなってない。

で、考えたのであるが「隣の奥様によるお総菜回転」というのはいかがか。

山田さんちのおから料理、武部さんちのだし玉子、中村さんちの肉ジャガ、梶屋さんちの揚げ豆腐、元木さんちのニシン煮つけ、岡部さんちのタチウオ南蛮漬け、三村さんちのシイタケ煮、坂崎さんちの納豆味噌、大島さんちの芹のおしたし、渡辺さんちのぜんまい煮、中川さんちのひや汁、竹内さんちの煮ダコ、下中さんちのイワシ団子。

と、町内名家夫人による総菜をちょっとずつ食べる。総菜料理には作った御夫人の名前と顔写真と好みのタイプの男性像、電話番号を入れといてほしい。

定年後のオヤジは、隣家の食卓が気になって仕方がないのだ。回転寿司店を一日借りて、町内お総菜料理大会とせよ。これにて町内の人間関係はフリンこみで発展する。

犬好きの友人は、愛犬のための回転フーズを希望している。脂肪カット肉、コレステロール抜きフーズ、カルシウム入りビスケット、虫歯防止ガム、歯みがき食材、回虫とりスープ、ボケ防止フードなどを、愛犬が好んで食べるように調理して回転フードとする。連れていった愛犬がワンと吠えれば料理がポンと出る仕かけ。猫用のも作ればいいが、店で犬猫がケンカをしないようにしていただきたい。犬猫にしたところでたまには外食をして当世の流行を知っておくほうがよい。

九十一歳になる老母は生協（コープ）の通販で食事素材からなにまで買っている。果物、野菜、鮮魚、そばまでスーパーにあるものは、たいていそろっており、週二回届けられる分厚いチラシカタログの写真を見て注文する。これは便利ではあるが、カタログ写真を見て注文するため、実際に届けられた野菜がしなびていたり、イメージしたものと違ったりすることがたびたびだ。高齢者はスーパーまで行って、買い物をしても持ち帰る体力がなく、また、混雑した店内を歩くことさえ難しい。

こういう老人のため、回転通販をしたらどうか。客が椅子に座ると商品がグルグルと廻ってきて、実際の商品を見て注文し、それを宅配する。

生協は食品だけでなく、老人パジャマ、安眠枕、折りたたみ杖、腹巻き、帽子、ひざバンド、クッション、ミニザブトン、骨盤安定ベルトといった老人用生活用品も扱っているが、これはじっさいに手にとってみないと、自分にあうかどうかわからない。通販で買った生活用品は、生協カタログにせよテレビ通販番組にせよ取り寄せてみると、思っていたほど使えないものが多い。

ここはやはり実物を手にとることが大切である。

そうして買ったものを宅配する回転生活用品ショップがあれば、かなりの売り上げになる。高齢者は店へ行くだけでよく、これくらいの運動ならば老人の健康のためによい。

回転就職社員はどうか。

いまや失業者は町にあふれている。そのいっぽうで、企業は人材難という妙なことになっている。ハローワークは、巨大なる回転台を設置し、常時三百人ぐらいの就職希望者に椅子に座ってもらいぐるぐると廻らせる。

雇用者は机に座って廻っている社員を品さだめする。これは新入社員採用でもよく、卒業校名、年齢、資格、特技、希望給与、生活信条、座右の銘、などを書いた札をつけておく。

雇用者は気にいった人物をおろして、面談に入る。

これは非人間的のようだが、就職活動とは基本的にシビアなもので、百社廻った新卒学生がどこでも玄関払いという状況にあっては、むしろこの方式のほうが双方つかれずに合理的である。

三回転してどこの社からも指名されなかった者は、希望給与をさげてまた廻ればよい。

就職希望者は、企業によって値ぶみされる存在であることを忘れてはならない。ニッコリ笑って、企業の担当者に愛想よくすることも就職の条件である。いくら高学歴で成績優秀の者でも、ふんぞりかえって偉そうにしていたのでは就職できないことを肝に銘じるべきである。

テレビ局は公開で、女子アナの回転就職試験を行い、それを番組にすればよい。

女子アナは時代の花形でみんなあこがれる職業だが、いざ女子アナとなってみると野球選手とフリンだの、とんでもないアバズレ歴があったりして、バケの皮がはがれる。女子アナはナマ商品であるから回転させて品さだめする。

そのほか、回転結婚相手さがし、回転古本市、回転住宅市、回転大臣がある。内閣が代わるとき、大臣候補を立たしたまま回転させ、総理、党三役が談合して大臣がきまるまでを実況放送すれば、バカな利権大臣が誕生することを阻止できる。当選何回だの、派閥の順位だのできまる大臣にろくなのはいない。

国会議員選挙のときだって投票所の周囲に回転台を作って候補者を並べて、その場でグルグル廻らせて人相、品性などを見てから投票するようになれば、「入れる人がいない」という理由で棄権する人も減ると思うのである。と、まあ、回転焼き肉を食べつつ考えてしまったのであった。

雪の降る町で

旭川空港へ降りたつと雪が舞っていた。前夜の天気予報では、「旭川は雨のち曇り」であったから、油断して革靴をはいてきて、空港ロビーから道路へ出たところですべって転びそうになった。

空港には名寄市の学海堂書店主人、尾崎良雄君が迎えにきてくれて、吉田病院の四駆大型車輛に乗った。

これより名寄市へ行き、お話をするのである。

名寄は、空港より稚内方向へむかって車で二時間ほどかかる。車が走り出すと吹雪が車の窓にあたり、雲海のなかを進んでいく気分だ。羽田空港はピーカンの晴れであったから、ヒコーキで一時間半北上しただけで一面の雪景色に出合えるのが不思議で、やたらと興奮してしまった。

学海堂書店という名は古めかしく、北の町名寄に似合う。そういえば、明治時代の劇作家に依田学海《よだがっかい》という人がいて「政党美談淑女之操」という芝居をやっていたな、と思い出し、「その御子孫かね」と訊けば、「いや、大正時代から書店をしており、名寄で創業してから九十年以上たちます」とのことであった。

「左様か、依田学海は佐倉藩士の子で修史局編修官であったから、たしかに別人だな」

と知識人らしい会話をするうちに名寄市に着いて、さっそくお話をするホテル会場のホールへ向った。

「昨年の講師は篠原勝之先生で、その前は養老孟司先生、瀬戸内寂聴先生でした」

と説明され、「ふむふむ」とうなずいてサングラスをかけた。

私のお話は「不良定年者の育成」であるから、不良らしくサングラスをかけて演壇にのぼったら、会場いっぱいに四百名ほどの客がいた。

講師紹介を吉田病院の吉田肇理事長がして、

「えー、嵐山さんは、わが名寄市が誇る駅弁・牛タン弁当七百五十円を日本駅弁ベスト50に選んでくれた慧眼《けいがん》の士であります」

ここで割れんばかりの拍手がわきあがり、「やや！　私を呼んでくれたのは、牛タン弁当であったのか」とわかり、サングラスをはずして、「牛タン弁当万歳」と叫んでしまった。ああ恥ずかしい。

二年前に月刊「文藝春秋」で、平成「50駅弁」選定大会議という座談会があり、東海林さだお氏、椎名誠氏と50駅弁当を選定した。その一覧表を私が作ることになったのは、私が人格者であるからだ。

北海道の駅弁は、函館本線森駅「いかめし」(四百七十円)を筆頭に名品が多い。ざっと思い出しても宗谷本線旭川駅「蝦夷《えぞ》鴨《かも》めし」(九百二十円)、函館本線函館駅「特選つぶ貝弁当」(千五十円)、函館本線札幌駅「ホッキめし」(七百三十円)、宗谷本線稚内駅「さいほくかにめし」(八百四十円)、函館本線小樽駅「北海手綱」(千五十円）、石北本線網走駅「オホーツク弁当」（八百四十円）、根室本線釧路駅「貝の釜めし」（九百四十円）が頭に浮かんだが、私は名寄駅の「牛タン弁当」（七百五十円）を忘れがたく一覧表の寸評に「塩味に妙」と書いた。

「牛タン弁当」は白飯の上に金糸タマゴがのり、その上に大きい牛タン二切れと中型二切れ、小型二切れの計六切れが四畳半センベイブトンのようにびっしりと敷きつめられ、山菜とモヤシいため、きゅうりの漬物がついている。弁当のラベルは、北海道原野を思わせる緑色の紙に、赤く牛の絵が描かれている。

駅弁選定にあたっては、東海林氏が「イクラもの、カニもの、ウニものはどこにでもあるから好きじゃないよ」というし、椎名氏は「おかずに昆布巻きはいらない」と発言して東海林氏に「昆布巻きは必要である」と反論され、激しく対立した。

結局は人格者の私が一覧表を作り、北海道では森駅「いかめし」、名寄駅「牛タン弁当」のほかは、函館本線長万部駅「もりそば」（六百円。急ぐときよし）、根室本線厚岸駅「かきめし」（九百円）、石北本線北見駅「ほたて飯」（七百三十五円。貝柱の歯ごたえ）などを選んだ。

厚岸駅の「かきめし」は新宿のデパート駅弁大会では、格段の人気があってすぐ売り切れてしまう。

一大決心をして釧路へ直行して、そこから根室本線に乗って厚岸駅まで行って駅で食べようと思いたって、はるばる駅弁買い旅行をしたのであるが、な、なんと厚岸駅では売っていない。

乗降客が少ないため、平日は作らないといわれてダアとなった。

という次第で、とどこおりなくお話を終了し、学海堂の尾崎君ら学識者数人と町なかの居酒屋へ行った。

雪がしんしんと降る。

しんしんしんという音が聞こえるほど降り、家も道路も樹々も雪でおおわれて、雪の降る町を、思い出だけが通りすぎていくのだった。

キャベツのニシン漬けや焼きホッケを肴にして飲む酒は、これまたしんしんしんと胃にしみる。

図書館館長や文学研究家がおられて、「いまは鴨……」というので、鴨弁当のことかと思ったら、

「鴨長明の読書会をしております」

ということだった。これは失敬した。ごめん。

するとみめ麗しき女性が、私のレベルに話をあわせてくれ、「牛タン弁当もさるこ

となから、ニシン・カズノコ弁当もすてがたいのよ」と教えてくれたのだった。名寄の知識人はみんな心やさしい。

翌朝、名寄駅に行って、弁当売り場へ駆けこむと、まだ特急列車が来ないので、弁当が出ていない。

それでは、とばかり発売元の角館商会へ行って牛タン弁当とニシン・カズノコ弁当（八百円）を手に入れた。赤い包み紙にニシンとカズノコの絵が描かれていた。ああ、早く食べたい。

旭川空港の待合室で、まだご飯があたたかい弁当を開けた。ほかほか飯の上に、ニシンの棒煮がドーンとのっている。ニシンに添い寝するように大きなカズノコがおり、薄味で、嚙むとコリッといい音がした。さらに細いヒメタケ煮が二本。海草柴漬けの赤色と根コンブの緑色のコントラストが目にしみる。

小さいウメボシが一つ。

雪はやんだものの空港の周囲は一面の雪景色がひろがっている。

そこで食べる弁当は、ニシン煮とカズノコの味がご飯にしみついて、なんだか涙が出るくらい喉にしみた。

湯豆腐の町で

東京・五反田の裏町で、筒井ガンコ堂ら七人の仲間と青人社という出版社を作ったのは二十五年前のことだった。

木造スーパーの二階にあるオンボロ倉庫を改造して編集室とした。冬になると、会社に泊まり込んで、夕食に湯豆腐を食べた。

下のスーパーで、安売りの豆腐と塩ダラの切り身と春菊と椎茸を買ってきて、ブリキの大鍋に入れて、プラスティックのお椀で食べた。ブリキからいい味のダシが出た。階段の下からびゅうびゅう木枯らしが吹いて、ガラス戸のすきまから風が入ってきて、湯豆腐にしみこんで、上等の味となった。

そんなことを思い出しながら、朝一番のヒコーキで福岡へ飛び、さらに佐賀県の嬉《うれし》野《の》温泉へとむかった。

嬉野温泉は湯豆腐の町として知られている。温泉のお湯を使って豆腐を煮ると、温泉に含まれるアルカリ成分が豆腐のニガリに作用して溶け、トローリとしたなめらかな味になる。豆腐がシラコのような舌ざわりになるのだ。

国産の大豆と天然のニガリを使った豆腐であるから、トロトロ感はいっそうきめこまかくなり、それをゴマだれ醬油につけて食べれば、フンワリと天上に飛んでいく気分だ。

嬉野温泉では二十五の旅館と二十の料理店で、この「マボロシの湯豆腐」を食べることができる。

まず温泉でカラダをほぐしてから、このマボロシの湯豆腐で客をフニャフニャに嬉しがらせるのが、嬉野温泉のサクセンである。ということで「湯どうふフェスタ」なるものがひらかれ、私は湯豆腐研究家として招かれたのであった。ナビゲーターは旧友の筒井ガンコ堂である。

ガンコ堂は、青人社のあと故郷の佐賀へ戻り、佐賀新聞文化部長兼論説委員として活躍したが、唯我独尊、じゃなかった、酒乱泥酔、でもないな、博学天才のため不良定年を迎えて、「FUKUOKA STYLE」編集長となり、以後フラフラとしつつ現在に至っている。

フラフラしつつも現在に至る湯豆腐のような状態が私と共通している。

お話にさきだって、ガンコ堂が私を紹介し、「ただいま佐賀新聞に連載小説『よろしく』を執筆しておられますが、その実体は温泉王であります。不良定年者の星であり、食文化に詳しく、なかでも湯豆腐の権威であります」というではないか。

なんということであるか、といぶかったが、ま、どうでもいいだろう。

嬉野温泉の湯豆腐に関しては、十年前に道場六三郎氏とこの地へ来て、たっぷりと味をたしかめた。しかし、二十五年前にガンコ堂と食べた湯豆腐は貧民食の極みであり、値が安いところがよかった。

七人分の原価が三百円だ。

そのときは、湯豆腐には化物がすんでいると気がつき、

湯豆腐はぐずぐずぐずと愚痴ばかり　（光三郎）

と詠んで壁にマジックペンで書きつけた。

ガンコ堂の句は、

湯豆腐やベニヤの外はどぶの川

というものであった。

私の予想では、講演会場には三千人ぐらいの客がおしかけていると思ったが、五十人ぐらいのおじさんとおばさんがパラパラといるだけだった。お話にさきだってガンコ堂がメモをよこして、

「①豆腐の歴史と文化を民俗学的に考証する、②嬉野温泉の総合的魅力、③湯豆腐の

ヘルシーさを栄養学的に分析、④有機栽培で作られた地元産の大豆をほめちぎること、⑤生きた天然水のパワーを論ず、⑥湯豆腐と酒の相性を江戸戯作と近代文学より抜すい、⑦湯豆腐のたれに関する経験をおもしろい話として展開。この七点を四十分で詳細にわかりやすく話して下さい」

と達筆の文字で記されていた。

ガンコ堂のこういった要点の説明は昔と変わらない。いつだって、こうやってガンコ堂はアンポンタンの私を助けてくれたのであった。それを思うと、胸が熱くなって、メモの内容はすべて忘れてしまった。

で、まずは、「昨日まで函館におりまして、明日からまた旭川へ行く」と自分のいそがしさを自慢してから「旭川ラーメンでもトンコツスープを使っている」と秘密調査員のように報告した。

ここでドヨメキがおこると思ったが、なにもおこらなかった。

私は「ということはですね、嬉野温泉の温泉豆腐だって、真似をされますから、油断してはいけません」と、つけ加えた。

ここらあたりから、会場へ客が入りだして、七十人ぐらいになった。とっさに「湯豆腐というのは、女湯をのぞくようで興奮します。豆腐の白さは女性の肌みたいだ」

と思いつき、

「ヒノキの浴槽へ豆腐を浮かべて、たれ醬油と箸を持って、ひとり湯につかりながら食す豆腐風呂はいかがでしょうか」

と提案すると、演壇の横にいたガンコ堂が渋面を作っている。

ガンコ堂は池波正太郎先生の弟子筋で、料理本を五冊書いている。

あわてて、その話を切りあげて十分間の休憩とし、その後ガンコ堂との対談形式となった。ガンコ堂は、「嬉野温泉は豆腐の歴史より古いのです。そこんとこを押さえてくれなきゃ困りますよ。まずは嬉野温泉があった、と」とひと通り講釈をして、久保田万太郎の句、

湯豆腐やいのちのはてのうすあかり

をあげた。

「湯豆腐てのはひとりで食べるもんじゃないですね」「左様、古女房とふたりで食すのがよい」「それも嬉野温泉で」「左様。嬉野温泉は佐賀の宝である。いや日本の宝です」

ガンコ堂は昔より、故郷の佐賀を誇りにしている。ちょっとでもさからうとすごく怖いから、私は頭を低くして「はい、まったくまったく」とうなずくばかりだ。

「湯豆腐の豆腐は煮すぎてはいけない。外側が熱くても、芯の部分がわずかに冷たく、熱さのなかに、ぽとりと水滴が落ちるような感触がよい。……ソモソモ、ウンヌン」

「はい、そう思います」

「たれはすりゴマに醬油でもよいが、木の酢というぽん酢醬油のたれが味わい深い。……ナンタラ、カンタラ」

「は、その通りです」

「湯豆腐が嬉野町史に出てくるのは明治三十年である。いまどきの湯豆腐とは格が違う。先人たちの知恵である。カクカクシカジカ」

「ははあ、よくわかりました」

ガンコ堂の話は、江戸の料理本『豆腐百珍』から『本朝食鑑』に及び、格式が高く、ここにめでたく、嬉野温泉の湯豆腐の正しさが証明されたのであった。

ああ、よかった。

後半四十分の公開対談が終わって控室へ入ると、土鍋に入った湯豆腐が出てきた。ひさしぶりに会ったガンコ堂と、こうやって湯豆腐を食べる一瞬は、思い出が湯気となって立ちのぼり、目にも腹にもしみていく。髪の毛フサフサだったガンコ堂は、半分ハゲ頭になっていた。ま、私もそうだけど。

人肌ほどの豆腐が、溶けて喉元を落ちていった。二十五年前の記憶がゆるーりと食道を通りすぎていく。

西表島のはしっこ

石垣空港に降りて、タクシー（初乗り料金三百九十円）運転手に「石垣港まで行ってくれ」と頼むと「八分二十五秒で着きますよ」とのことだった。たしかに八分二十五秒でフェリー乗り場に到着した。そこから西表島の大原港までは高速フェリーで三十五分で着く。

西表島はヤマネコとカンムリワシが君臨するジャングルであるが、巾十三メートルのアスファルト道路が、島の海岸線三分の二を貫通している。

トローリングボートやサーフィンもあり、ホテル、レストランはじめ観光施設がとのって、ひと昔前の秘島ではなくなった。

ダイビングハウス、レンタルカヌー、滝つぼめぐり、エコツアーがあり、ジャンボ九人乗り観光タクシーもある。

レンタカーで道路を進むと、そこかしこにヤマネコの看板が立っていた。道に飛び出すイリオモテヤマネコをひかないための注意書きだが、なにヤマネコにおめにかかれることはめったになく、看板の絵だけで満足した。

ホテルはかなり混んでいて、一カ月さきまでの予約はほとんどツアー客で埋まっている。

貴重なサンゴ礁、野生動物、ジャングルの生態を守りつつ、バンバンと観光開発を進めるのが島の課題であるらしい。

ダイビングしてマンタを見るつもりで出かけたのだが、あいにくと海が荒れて、月ケ浜で泳ぐだけになった。マンタを見るには三月すぎがよいというが、マンタは石垣島方面へ移ってしまったというのが実情だ。

石垣島、小浜島、沖縄も観光客でにぎわっており、世間の不況が嘘のようだ。

というと南国ブームか、と思うが、北海道知床半島のウトロ温泉にもやたらと客が集まって、わいわいと雪見風呂を楽しんでいる。せんだって、秋田県の日本海沿いを走る五能線の旅へ行くと、そこも列車は超満員で、津軽線の蟹田駅の待合室は団体客で混みあって座る席がない。きけば龍飛崎をめぐるツアーだという。

ははーん、そうか。はしっこに人気が集まるのだな。

南にしろ北にしろ、岬や半島や島に客が集まる。せまい日本だから、ちょっと行けばすぐ海岸で、そこらじゅうがはしっこだが、すぐ近くにあるはしっこじゃなくて、はしっこのはしっこがいいらしい。

少し前までは、はしっこの秘境には観光客が集まらず、「なんて淋しいところなのだろうか」としみじみしたものだが、いまや、おやじとおばさんがはしっこ症候となり、団体でしみじみする時代となった。できあいの観光地じゃなくて、奥へ踏みこんで、さいはての旅情を楽しむ。

こういったはしっこ症候はいまにはじまったものではなく、日本人はもともと、はしっこが好きなのだ。

マンションは、はしの角部屋の値段が高く、行列ができる店にはとりあえず最後尾のはしっこに並んでみる。

通勤電車に乗れば一番はしの席に座りたくなり、コンサートの席もはしのほうを選び、バーのカウンターでも通人客は一番すみに座ってグラスをかたむける。マンナカがいやなのだ。

ヒコーキは、窓側席ではなくて通路側の席が、トイレへ立ちやすい。

何人かで会食するときは、マンナカの席よりすみのほうが気楽で、駅のベンチもはしに限る。病院待合室だって、はしに座ったほうが病気フェロモンが出る。

駅の伝言板は、最後のはしの一行に目がいき、「さきに行きます　マチ子」なんて書いてあると、「マチ子とはいかなる女性であるか」とモンモンと考えてしまう。

駅伝やマラソンは、一番ビリの選手に注目が集まり、優勝選手の表彰式が終わって

もなお走ってくる選手に拍手がおくられる。「こいつがビリだな」と同情して席を立つと、そのあとからまだ走ってくる選手がいるもので、そこに自分の人生を見る。

ヨウカンも、はしのところに砂糖がこびりついていて、得をした気分になる。南部せんべいのふちは薄くなって食感がセクシーだし、太巻き寿司もはしの部分に妙味がある。

重箱のすみの黒豆、フランスパンのしっぽ、ソーセージのはし、エビのしっぽ、レンコンのすぼまったところに針ほどの穴を見つけて感激し、ほうれん草の赤いつけ根を食べて満足する。

ヒラメは、背びれのエンガワがうまい。

かたむけた泡盛びんの最後のひとしずくは、はしっこのエキスだ。行く川の流れは、はしっこに思いをめぐらす。

全集モノの最後の別巻が待ち遠しい。

長編小説の最後の一行。手紙の追伸の部分、はしがきに著者の本音がある。雑誌の

編集後記。野球ならファーストかサードへぎりぎりのヒットをとばすのがしぶとい。月末のあわただしさ、年末のせっぱつまった感じも、はしっこ感があり、窓ぎわ社員の憂愁、武士のはしくれ、日本刀の刃先の殺気、箸のはし、ハシゴのてっぺん、富士山頂上、終着駅。

色鉛筆の白色が一番右のすみに入っている感じもつつましくてよい。大蛇が虹が出ると、虹の橋のむこう側には、どんな町があるのだろうと夢想する。道を横切るときは、頭よりしっぽのさきが気になる。日記だってノートの余白にちょこっとだけ書かれたのが重要な秘密。

とまあ、はしっこについてあれこれと考えるのは、南の島にいるためで、泡盛でほろ酔いになり、ヒカリヘゴの葉のはしをにらんだ。

私が泊まったのは、ネイチャーホテル・パイヌマヤリゾートで、パイ（南）、ヌ（と）、マヤ（猫）とつづけて、「南の猫ホテル」という意味だ。

このホテルには、プール、ジャクジー、サウナがそろい、温泉が湧いている。月光の下、ヤシの葉かげで露天風呂「やまねこの湯」につかっていると、密林の奥より、ホーホーとミミズクが鳴く声が聞こえてきた。

火星が小さく見える。

と、ひとすじの流れ星が走った。

流れ星も、夜空に消える一瞬の光のすみに趣がある。黒アゲハ蝶が月光に吸いこまれるように天にのぼっていく。

いい気分でいたのだが、露天風呂にオヤジ連中が七、八人、ドヤドヤと入ってきて、岩風呂の一番すみへ逃げこんだ。これもはしっこ症候であるな。

伊賀上野にて

三重県の伊賀上野は松尾芭蕉の故郷である。

芭蕉の生家である釣月軒《ちょうげつけん》はじめ、芭蕉の遺髪を収めた愛染院《あいぜんいん》故郷塚、旅笠の形をした俳聖殿、芭蕉真蹟を展示する芭蕉翁記念館、昔の蕉門五庵のひとつ蓑虫庵《みのむしあん》、芭蕉がデビュー句集『貝おほひ』を奉納した上野天満宮、など町じゅうバショー、バショーしている。

町で会う人がみんな芭蕉の子孫じゃないか、という気もするが、もとは藤堂高虎《とうどうたかとら》の城下町で、木造三層の白鳳城《はくほうじょう》は、黒澤明監督の映画『影武者』のロケに使われた。

俳句好きの人ならば、だれもが「一度は行ってみたい」とあこがれる地で、戦災にあわなかったため、細い通りや古い町並に、江戸の暗がりを残している。

その伊賀市が、芭蕉の生誕三百六十年記念事業として「伊賀の蔵びらき」をはじめた。伊賀秘蔵のお宝が公開されるのだから、こりゃ、なにが出るか楽しみだ。俳聖殿の前で山下洋輔がジャズ俳句のコンサートをやるという。

古池や洋輔とびこむ水の音

てなもんで、ジャズ俳句がいかなるものか、大いに興味をそそられる。

私が芭蕉にひかれるのは、その不良的生涯である。芭蕉の周辺には、乞食僧もいたし、米の空売りをして流罪となった商人もいたし、家老を斬殺して自刃するにいたる藩士もいて、かなりスレスレのところを生きてきた。そのスリリングな生活のなかから名句が生まれた。

そんなことを考えながら伊賀上野へ行くと、歩き方まで五七五、と俳句になるのが不思議だった。

五歩すすみ七歩でまがる春の風
春浅し釣月軒で一句詠み
花冷えの天神宮の鳥居かな
うららかな俳聖殿の旅姿

西澤のコロッケを買う木の芽どき
風光り町には古き校舎あり
武家屋敷えへんとツバメ通りすぎ
三筋町ペットボトルのお茶ぬるし
ストークのハヤシライスに桃の花
銭湯につかれば窓にむれ雀

と俳句調で歩いたのだった。

グリル・ストークのハヤシライスは日本のハヤシライスのベストテンに入る逸品である。なにしろ伊勢牛の本場だからすき焼きにしろ、牛丼にしろディープな料理店がいっぱいある。

それに古い町並には、銭湯がやたらと多い。ちょっとフシギな町なのである。

伊賀へ行った三月二十日は、芭蕉が『奥の細道』へと旅立った日である。ちょうどその日に、『芭蕉紀行』（新潮文庫）が刊行されたばかりだった。この文庫本の第一章は伊賀上野で、町の地図を描いたから、町の芭蕉ゆかりの地は、ほとんど頭に入っている。

芭蕉の旅は『野ざらし紀行』にせよ『奥の細道』にせよ、最後は故郷の伊賀上野へ帰るのである。

江戸の芭蕉庵はあくまで仮の下宿さきにすぎなかった。

というのが名著『芭蕉紀行』の基本的考えで、芭蕉が伊賀上野で詠んだ句はもっと高く評価されてよい。

芭蕉が二十一歳のときの習作句は、

月ぞしるべこなたへ入《い》らせ旅の宿

月あかりを道案内としてこちらの宿へいらっしゃい、という呼びかけで、芭蕉は「月光旅館の主人」という気配がある。

これは旅館のキャッチフレーズになるから、伊賀上野の旅館が使ってみたらいかがだろうか。「月光旅館」ってのはいい名称だなあ。ムーンライト・ホテル。

山下洋輔氏は、ジャズ俳句の夜に、ムーンライト・ホテルを即興演奏したらどうだろうか。

連句は言葉によるジャムセッションであり、山下流ジャムセッションが俳聖殿の前で催されるのは芭蕉の供養になる。

芭蕉が五十一歳で急逝したのは、元禄七年十月十二日である。この年の七月に伊賀上野に帰って、月見を楽しみ、九月八日に大坂へ出かけて死んでしまった。

大坂へ出かけたのは、弟子のケンカを仲裁するためであった。俳句塾の生徒とりあい戦など、塾頭どうしが自分で解決すればいいのに、泥仕合となって、大親分の芭蕉に仲裁を依頼した。芭蕉は、いやいやひきうけて、ストレスが原因で胃をこわして、一カ月後に急死してしまった。故郷の伊賀上野でのんびりしていれば、芭蕉はこんな若さでは死ななかったと思われる。

芭蕉は、『奥の細道』のあとは、『長崎紀行』に出るつもりでいた。弟子のケンカなどかまっているひまはなかった。

と、まあ愚痴をいってみてもはじまらないが、伊賀蕉門は、体調不良の芭蕉が大坂へ行かなくてすむように画策をした。それで、芭蕉は、こっそりと、わからぬように、抜け出した。そのときの句が、

行く秋や手をひろげたる栗のいが

である。山を行くと、栗のいがが手をひろげたように落ちており、それは「行くな」ととどめている伊賀の門人たちだ。栗のいがに伊賀をかけている。

芭蕉の句でしんみりさせるのは、四十四歳のとき帰郷したときの句、

ふるさとや臍《へそ》の緒《お》に泣く年の暮《くれ》

である。故郷の家へ帰って、へその緒を見せられて、さしもの不良息子も父母を思い出して、涙を流した。

「臍の緒」を保存しておく風習は古くよりあった。スルメの足ほどのしわくちゃになった「臍の緒」は、親が没してから見ると、胎内で母の命とつながれたことが、しみじみとわかる。

「臍の緒」という妙なものを扱いながら哀愁の句にしたててしまったところが芭蕉の腕である。

江戸の人々はよく泣いた。大声をあげて、大げさと思われるほど泣いたという。芭蕉も、この句でワンワン泣いたのであろう。

そんなことを考えながら伊賀上野の道を歩くと、頭のなかにあった芭蕉の句が、地面からズドーンと立ちあがってくる。伊賀上野には、いまの日本人が見失った精神がしぶとく残っている。

三月だというのに雪が降った。

市町村合併で、伊賀上野の名が残るかのせとぎわだった。

ということで、伊賀市長へ、

　ふる里のへその緒に泣く市長かな

の色紙を書き残して帰ってきた。

北海道紅葉花札賭博

北海道の十勝岳へ行くと全山紅葉していた。

十勝岳温泉凌雲閣《りょううんかく》は標高千二百メートルにあって、北海道でもっとも高地の温泉である。鉄分の強い硫黄温泉につかると、目の前が一面の紅葉で、全身鉄火肌となって、花札勝負をしたくなった。

三十年前、私は花札（コイコイ）の達人であった。そのころは雑誌編集者で、私と同世代の不良系編集者は、おおかたが花札をカバンに入れていた。

碁や将棋は時間がかかりすぎるし、サイコロを丼に落とすチンチロリンは、人数がいる。花札のコイコイならば二人で一勝負（十二回を一年として計算）が十五分ほどだ。札を叩くとき、パチッと乾いた音を出さなきゃいけない。

花札は花ガルタであって、赤タンがらみの梅、松、桜、青タンがらみの菊、紅葉、牡丹がめでたい。

満月札に菊盃がくると月見で一杯という役がつく。月、松、桜、桐、うち三枚で三光。四枚そろって四光。

通学した高校の徽章《きしょう》は桐のマークだから、桐がくるとなんだか嬉しくなった。もうひとつ「柳に雨」が加わると五光となる。花札は図柄に物語性があるので、遊びながらも花鳥風月を楽しむことができる。

学生のころ、『赤丹の銀次』という短編小説を文芸部雑誌に書いて、それが「文学界」同人誌評でとりあげられたときは鼻高々だった。調子にのって『青丹の助六』『イノシカ蝶の次郎兵衛』と、花札三部作を書いた。四十年以上前のことである。

いつの日か花札小説を書こうと思いたって出版社に就職すると、先輩たちが、ゲラ待ち時間にコイコイに興じているのに出会って、ほれぼれと見た。自分もやってみるとコテンパンに負けた。

で、あ、そうか、コイコイが花札小説であったのか、と気がついた。白髪七分刈りの初老編集者が指先に札をつまんでパチパチパチパチパチパチと音の切れめなく札を叩いてとっていく姿にしびれた。

チンチロリンは、丼鉢にサイコロが落ちる音が、チンチロリーンと響いて秋虫の風情があるものの、花札の物語性には欠ける。そのころ、警視庁内の記者クラブ室で各社記者のチンチロリンが流行し、摘発された。いくらなんでも警視庁のなかでやってちゃいけませんよね。コイコイは各版元によってルールが違ったが、わが社では、コイするたびに倍々となる通称ヤクルトというルールだった。

それを思い出すと、紅葉や満月の夜は、やたらと花札勝負をしたくなる。

これは競馬やパチンコとは、まるで違って、はじける快感がある。札を持つ指の感触、札の図柄、音の三要素が脳の中枢を刺激するのだ。

凌雲閣のぬるい紅葉色の露天風呂につかっていると「嵐山さん」と声をかけてくる初老の紳士がいた。

作家の志水辰夫氏で、四年ぶりの再会だった。以前、志水氏とは立川競輪グランプリで会う約束をしたのに、混雑にまぎれてはぐれてしまい、それ以来だった。

志水氏は居を札幌へ移して、四十カ所以上の温泉をまわったという。そのときの立川競輪で私は三十万円ほど負けた。「あのレースは凄かったね」と露天風呂につかりながら、競輪談義をした。どこに住んでいても原稿はEメールで送れるので、志水氏の札幌ぐらしは至極快適であるらしい。

ダンディーな志水氏はそこより大雪山の温泉へむかい、八王子ナンバーの赤い車でさっそうと立ち去った。

その日の北海道新聞が、旭川で花札賭博が手入れされ、高齢者十数名が逮捕されたと報じていた。最高年齢は七十七歳で、うち九人が年金生活者。胴元は地元の五十三歳の女性だという。

ようするに、ジジババばかりで、花札をしながらインシュリンを注射する糖尿病患者や、腰痛で長時間座ることができない客もいたらしい。高齢者は人づてに賭博が開かれることを知り、道内からかけつけたと、記事にあった。みんなグレてる。

ひと晩で三十万円から四十万円の金が動いて、元プロの女胴元の利益は五万円だから、そんな胴元料で茶菓子を出したんじゃ、さしたる儲けにはならないだろう。

大人数による花札賭博はコイコイとは違うだろうが、高齢者は花札が好きなんですね。パチンコや競馬なんかでは物足りず、ひと昔前の花札賭博の鉄火場が忘れられずに集まってきたんだろう。

年金生活者がひと晩で五千円使うのはけっこう命がけである。

成金の極道者が百万円賭けるのより、貧乏な年金生活者がひと晩五千円賭けるほうが命がけだ、という気がする。胴元料は五万円のみだから、勝った客にはなにがしかの金が入る。

ここに花札賭博の快感があって、その席にさそわれれば参加していたかもしれない。

あぶないところだった。

パチンコは日々進化して、とても高齢者が遊べるものではなくなっている。花札は、すでに無形文化財化して、こういった不良系ジジババの懐古趣味によって、わずかに支えられている。

花札がすたれて、絶滅寸前であることを考えれば、逮捕された高齢者に対し、限りなく同情するばかりだ。

せんだって四谷シモン氏の出版記念会があり、映画「女賭博師シリーズ」で活躍した女優の江波杏子さんに会った。江波さんは、そりゃリンとして、いまなお女賭博師の色気を内に秘めていた。

逮捕された五十三歳の女賭博師は十数年前にも花札賭博で逮捕され、もともと好きで好きでしょうがない性分であるらしい。

私は旭川駅地下にある文具店で、任天堂の花札の赤、黒二セットを買って、同行の写真家マーボーこと坂本真典氏とコイコイ勝負をやった。

坂本氏は平凡社にいたころの写真部部長で、旅さきではしょっちゅう花札をやっていた。

湯上がりの部屋でコイコイ一年ぶん勝負をすると、昔のようにパチパチパチパチと連続して打てない。

いちおう一文二円ということで勝負をしたが、歴戦の勇士であったマーボーは「三十年ぶりで勘がさえない」といい、七十五文ほど（百五十円）勝った。現金でうけとると旭川署に逮捕されるおそれがあるため、旭川のラーメン店蜂屋で、小ライス百五十円をおごって貰ったのだった。

冬の能登がいいのだ

和倉温泉の温泉宿へ行くと玄関に四、五十人の仲居さんが並んで「いらっしゃいませぇ」と大合唱の出迎えをうけてズルッと腰が抜けた。

昔からあれが苦手で、若いころは大合唱されたところでUターンして帰ってきてしまったものだが、この宿の大合唱は、不良定年者向きのガイセン・パレードといった気迫があって、「オース」と手を振ってドスドスと入っていったのだった。

能登空港が開港したので、飛行場の見学もかねて出かけたのだが、能登空港の展望デッキには人が鈴なりで、みんなが手を振って出迎える様子は、オリンピックで優勝した人への大歓迎会といった迫力だ。

到着ロビーには、能登半島各町の案内パンフレットが百種類ぐらい並べられ、すべて集めたらたちまちカバンがいっぱいになった。ロビーにはガラガラと廻す回転式抽選台があり、おばちゃんが「赤玉出しなさいよオ」と念力をかけてくれたが、黄玉が出て、ティッシュを貰った。

高速道路を走って四十五分ほどで和倉温泉に着くと、超豪華近代竜宮城みたいな加賀屋があった。

四十年前に泊まったときの加賀屋では海沿いの部屋から魚を釣った。

それが四棟の巨大旅館となり、吹き抜けのロビー中央には、UFOみたいな空中バーがあり、展望エレベーターにて十九階の部屋に通されると、七尾《ななお》湾が一望のもとに見えた。

目の前には能登島が浮かび、対岸の穴水《あなみず》から野焼きの煙がふんわりと立ちのぼり、漁船がハの字の波紋を描いて進んでいく。しばし、目の前にひろがる古代の海をながめた。

能登は、本州最後の秘境であり、千三百年前は大陸との日本の表玄関だった。

野生の自然が色濃く残り、一年中、祭りをやっている民俗学の宝庫であって、万葉集歌人の大伴家持《おおとものやかもち》が来て、防人《さきもり》の歌を詠んだ歴史的名勝である。

和倉温泉がある七尾へ宿泊した家持は、

珠洲《すず》の海に朝開《あさびら》きして漕《こ》ぎ来れば　長浜の浦に月照りにけり

とけっこうな歌を詠んだ。家持が「月照りにけり」なんてロマンティックな歌を詠む横には美人がいたはずで、家持は長浜の娘と恋におちいり、その子孫がいまも残っている。

私もさっそく歌を詠んで浜の娘と恋におちいろうとはりきったのだが、客はおばさんばかりで、ひとりシンミリと寝ちまったのであった。

加賀屋には、一階二階三階と風呂があり、客はスッポンポンの裸のまま、風呂から風呂へエレベーターで上下する。スッパダカでエレベーターに乗るなんてはじめての経験だ。館内には朝市がたつ土産店廊下がつづき、宝塚のショーがあるシアターまでそろっており、私がいつも行く山の湯とはまるで趣が違った。

能登半島は、ムズカシイ地名が多い。

能登は石川さゆりの名曲「能登半島」があるからノトと読める。外国人が聞いたらNOTとなるだろう。ノトは能《よ》き門《かど》という意味で、アイヌ語でノトは岬である。

珠洲《すず》はこの地につくられた狼煙《のろし》のススミがなまったもの。鳳至《ふげし》の初見は『和名抄《わみようしよう》』

のフケシで、やはり狼煙である。羽咋《はくい》は、垂仁天皇のころ、大毒鳥を三匹の犬が退治し、犬が羽を食ったからハクイという。

富来《とぎ》、能美《のみ》も読みにくい。加賀は鏡で、カガやくという意味だ。地名ひとつをとっても古代の物語があり、秘境であるがゆえに旧名が守られてきた。

日本中をくまなく旅をしている身には、やたらと興味をそそられる。輪島は古くは和島とも表記されていた。

和倉温泉から出るのと鉄道は、便数は少ないものの、ローカル線ここにきわまれりといったのどかな列車で、七尾西湾から七尾北湾沿いを抜けて走る。日本海沿いのローカル線でも、ここは飛び抜けて澄明で静かな路線である。

列車は四十分ほどで穴水《あなみず》に着き、さらに蛸島《たこじま》行きに乗って川尻トンネルをすぎると、濃紺の波がおしよせて、列車の窓にはねかえるほどだ。

心中したくなるほど澄みきった海だが、心中したくなるブンガク的理由がなにも見当たらぬのが、不良定年者の欠点であろう。

列車の窓へ差し込む秋の陽が心地よい。

ローカル線ファンは「のと鉄道をつぶすな」と主張しているものの、さて、これからどうなるか。輪島行きのローカル線はすでに廃線となって、線路は中国へ売り払ってしまった。せっかく能登空港が開港したのに、塗り物と朝市と横綱で有名な輪島へは鉄道の線がない。

能登へはヒコーキで東京から一時間で、すごく近くなった。一日二便で、中型機B3（定員百二十六名）は行きも帰りも満席であった。秋の観光シーズンには一日五便ぐらいはほしいところだ。

門前町にある曹洞宗総持寺祖院《そうじじそいん》は一三二一年に開かれた大本山で、この町のソバは古風で滋味ぶかい。

のと鉄道沿いにある縄文真脇《じょうもんまわき》遺跡は、遺跡の三パーセントしか発掘されていないのに、そのうち二百十九点が国の重要文化財に指定されている。縄文前期初頭（六千年前）から晩期（二千年前）まで、四千年の長きにわたり、われら先祖が住んでいた。鯨の骨やイルカの骨が三百頭発掘されている。

いつの日か、「遠野物語」のような「能登物語」を書きたいと思う。一年はたっぷりかかるだろうが、それだけのマッサラな素材がある。

おりしも秋祭りで、天狗や獅子舞の獅子に扮した子どもたちが加賀屋のロビーにまできて道中踊りをした。少比古那《すくなひこな》神社の神職二名が「カシコミ、カシコミ……」と祝詞をあげ、笛や太鼓の音を響かせて、ふんわりとのどかな和倉温泉秋祭りの風情であった。最後は白面の老婆が獅子五人組を退治して、ローバは強えなあとおそれいった。

能登ではしょっちゅう祭りやイベントが開かれる。一月には穴水で、かきまつり。役場広場では総長百五十メートルの炭火コンロが設置されて、殻つきカキがパチンとあけたとたんにひろがる香ばしい香り。かきまつりには十万の人出がある。

秋もいいけれど、冬の能登が旅の達人の穴場であろう。

旅の帰り方

『旅の帰り方』という本があっていい。

旅行案内書はいろいろあるのに「帰り方」ガイドがないのは不思議だ。旅のポイントは帰り方にある。

ローカル線に乗って旅をする日々だが、帰りは特急列車やヒコーキの切符を買っておく。そうしないと旅がダラダラとつづき、帰るのがいやになってしまう。

旅から帰るときは、「アーア、これで愉しみにしていた旅も終わりだ」というガッカリ感があり、それを克服するのが課題である。「旅の帰り」をいかにいい気分にするか。

旅に出る前は「さて、どんなところだろう」という期待感があり、見たいもの食べたいものも多い。ローカル線に乗ると「もっとノロノロ走れ」と思う。列車を乗りかえるときは一時間ぐらい待ち時間があれば、なお嬉しくなる。不便がいいのだ。無駄な時間にダイゴ味がある。

待ち時間に駅前通りをブラブラと散歩する。駅前食堂のウインドーに、ほこりがついたロウ細工のカレーライスとラーメンが飾ってある。「まずそうだな」と思って食べてみると、予想通りまずくて、半分残す。そこんとこが、なんとも嬉しいんですね。すたれた門前町のカレーうどん、水郷沿いの老舗そば屋のカツ丼、工場街のすみにある焼き鳥、港の倉庫裏にある洋食屋ではオムライス。学生街の餃子ランチ、海沿いにあるトタン屋根の寿司屋。

いずれも味覚のレベルを超越している。

こういった食堂をわたり歩きつつ、帰宅まであと三日、二日、一日となると急にせつなくなる。帰りたくないけど帰らなきゃいけない。ああ、どうしよう。

若いころは帰りの満員列車のなかで立ちっぱなしでも平気だった。しかし歳をとるとそうはいかない。指定席を確保して椅子に腰をおろして酒を飲む。ポケットウィスキーを一本飲んだぐらいのほろ酔いで東京駅に着き、それから新宿のバーへ立ち寄る。

旅の時間と日常生活をくっつける中間の作業が必要となる。なじみのバーか居酒屋に立ち寄るには、おみやげがあったほうがいい。

若いころはおみやげの意味がわからなかった。

江戸時代じゃないんだから、地方の名産品は近所でも手に入る。であるのに世間のオカーさんたちは一泊二日の温泉旅行の帰りに、両手に抱えきれぬほどのおみやげを買って帰る。温泉地のおみやげなんて、ロクなものはない。近所のスーパーで売っているもののほうがずっと品質がいい。

それを知っていながら山のようにおみやげを買うのは、じつは「旅の帰り」を意味づけるのだ。いまは宅配便があるから、大きい荷物は送ればよい。小さなカバンに入るほどのおみやげを買って、「青森まで行ってきたから」といって乾燥ホヤなんてのを渡すのがいい。

旅には中心の点から放射状に発する線香花火型と、行ったら帰らぬ打ち上げ花火型がある。

ほとんどの旅は線香花火型で、旅に出れば帰ってくる。打ち上げ花火型は芭蕉みたいな長期放浪で、世間ではこれを蒸発という。

蒸発して公園のベンチの上で寝ていると、中学生にバットで殴り殺される時代となった。

と考えると、帰ってくるところがあってこそ旅であることがわかる。「帰るのがいやだなあ」と思うのが、じつはいいのである。で、なにがなんだかわからなくなってくる。

五月の連休あけに潮来《いたこ》へ行った。六月のアヤメの花咲くころは、潮来はすごい人出となり、芸妓衆のアヤメ踊り、潮来囃子、アヤメ即売会があり、水郷めぐりのサッパ船が出る。連休あけの水郷はガラーンとすいていた。

そこがねらいめだった。十二橋めぐりのサッパ船では、釣り宿のおばちゃんが紺のかすりを着て菅笠をかぶっていた。船に乗るときは毛布と掛けぶとんをつみこんだ。五月だから掛けぶとんなんかいらないと思ったが、乗ってみると川面の風が寒い。利根川に出ると風は一段と強くなり、掛けぶとんが役に立った。

掛けぶとんをかけると熱燗の酒を飲みたくなった。

アヤメはまだ咲いていないし、そろそろあきてきた。このあたりが、家へ帰るしおどきで、佐原へ出て総武線に乗れば、三時間で家に着くことができるが、佐原へ行くと酒を飲みたくなり、商人宿へ泊まった。佐原は成田空港の近くだ。

ふいに成田空港からハワイへ行こうと思いたち、予約を入れてＪＡＬ便でホノルルへ行ってしまった。パスポートがカバンに入っていた。

ハイアット・リージェンシーホテルに泊まってワイキキ・ビーチでビールを飲んでいると、

「なんでこんなところにいるんだ」

と反省した。

そろそろ「旅の帰り方」を考えなきゃいけない。ハワイへ行くなんてだれにもいってなかった。ちょいと潮来までのつもりで出てきたのに、ワイキキ・ビーチにいるのが不思議だった。銀行のカードがあるから、発作的な旅ができる。

ホテルの三十階からカラカウア通りを見おろして、とりあえず締切の原稿だけファックス送信をした。ワイキキは二十二度で、思っていたより暑くなく、二日目には雨が降った。

三日目には退屈して、ビジネスクラスの席で帰ってきた。帰りがエコノミーというのはしみったれていけない。こうすると、なんか気分が落ち着いて、「旅の帰り」が納得できるのだった。

成田空港に着いてからは成田エクスプレスで新宿まで直行し、新宿三丁目のバーへ立ち寄って、免税店で買ったチョコレートを配った。

「潮来へ行ってきたんだ」というと「なんでチョコレートなのよ」と訊くから、「潮来のコンビニで買ったんだ」と嘘をついた。「潮来からハワイへ行った」といったってだれも信じてくれないだろう。

そのまま、もう二軒ほどをハシゴすると、深夜一時になり、ようやく、いつもの生活バージョンに戻り、タクシーに乗って自宅へ帰った。

自宅の風呂にゆっくりとつかり、深夜テレビのプロレス名勝負を見ながら、缶ビールを飲んでほっと一息をついた。

PART3……不良定年の花鳥諷詠的挑発録

写真の撮られ方

雑誌の座談会に出ると、笑顔の写真ばかり撮られる。笑ってるほうがなごやかな感じなんだろうけど、トッポイ不良系の話をしているときにエヘラエヘラしているのは、どうも場にそぐわない。

カメラマンは、座談会に出席した人の決定的瞬間を撮ろうという習性があって、笑顔になったときにシャッターを押す。どうもそのようにできている。

三島由紀夫氏は笑顔の写真を撮られるのを嫌った。先輩作家の葬儀に参列したとき、ずーっと厳粛な顔をしていたのに、知人に会ってニッコリと会釈した瞬間を撮影されて「先輩の葬儀でほくそえむ三島由紀夫」というネームをつけられた。その話を三島氏に聞いてから、葬儀では、だれに会おうがブスッとした顔でいるようにした。

追悼座談会というものがある。こういうときは、出席者全員が涙をぽろぽろ流して、目を赤く泣きはらしている写真にしたほうがよい。どうしても涙が出ない人はメンタムをまぶたの下に塗ればよい。

学術雑誌に載る大学教授の座談会は、渋柿を食ったような学者顔で、カメラマンが「ニコニコして下さい」と注文すると、ますますカチーンとかたまって、口をま一文字にむすんで、悩める知識人になる。これはなかなか味がある。

政治家や学者でも大物になって、写真を撮られることになれてくると、余裕が出てきて自然体になる。にこやかにしつつも、国の行く末を思う殉教者顔になる。ぼーっと遠方を見る表情で、これは自民党閣僚の得意とするところ。

免許証やパスポートの写真は、国際指名手配犯みたいな顔になりがちだ。新聞やテレビに逃走中の手配犯の顔写真が出るが、みんな悪相で、にっこりとほほえむ写真はない。あれは無理やり撮られるからそうなるわけで、免許証の写真も同じである。手配犯で破顔一笑の顔写真は見たことがない。

以前、篠山紀信氏に「人間関係」というシリーズの写真を撮影された。安西水丸氏と一緒だったが、篠山氏に、「おたがいそっぽをむいて仲が悪い感じにしろ」と注文された。撮影は一分で終わり、そのあと、近くのソバ屋でガハハと笑いながら、酒を飲み、これは痛快だった。

ケンカ対談をやって、互いに凄みながら相手をののしる写真を撮り、サービスして、相手の襟首をつかんで乱闘するうちに、本当のケンカになってしまったことがある。

爆笑座談会というのがある。これは当然ながらみんな笑っているが、やるのなら、出席者全員、喉の奥が見えるくらいバカ笑いの顔写真にしたらいかがか。

若いころは写真を撮られるのが嫌いではなかった。そのうち、インタビューのたびに見知らぬカメラマンがきて、ライトだの傘だのをセットして、注文をつけられるから、すっかり嫌いになった。いままで、何人のプロカメラマンに撮影されただろうか。何百人というカメラマンに撮影されても著作権がカメラマンにあるから、無断で使用できず、顔を盗まれた気分になる。

だから、カメラマンに、町を歩けだの、どこどこの場所でもう一回と注文されても「やだよ」と断るようになった。

さて写真の撮られ方だが、ほんのちょっとヨタッているのがいい。

親しいカメラマンなら「不良っぽく撮ってくれ。還暦をすぎてグレた感じで」と注文して、それを使う。この世には善意のカメラマンと悪意のカメラマンがいる。

記念写真を撮るとき、女性はカラダを斜めにして、やせているように見せたがる。男でも自分の姿がひきたつポーズを知っていて、七五三の親みたいにエラソーに立つのがいて、バカ丸出しとなる。

近所の写真館にきくと、女は正面をむき、右に首を曲げて、目で左上を見上げてほほえむと育ちがいい感じになり、同じポーズで右上を見て笑うと、愛らしくなる。右下に首を下げて、左下を見て目を伏せれば、哀愁感が漂う。出席者全員がこのポーズの写真を撮れば、お色気悩殺座談会となるはずで、どこかでやったらどうか。首を左に傾けて、目線を左下にむけると悲しい表情となり、夢二の美人画にはこの手のポーズが多い。

やっちゃいけないのは顎をあげて、目線を下にするポーズで、相手をなめている顔になり、ヒール系格闘家や暴力団幹部がお得意の表情。ところが、美人が顎をあげて、流し目で目線を下げると誘惑のポーズとなり、これはマリリン・モンローが得意とした。侮蔑と誘惑は紙一重である。

顎を下げて、おだやかに目を下に伏せれば表敬の意となるが、目をあげてにらみつけると恐喝になる。

ちょっとした角度で、印象がまるで違ってしまう。四十代のころはこの恐喝ポーズが好きで、両手をポケットに突っ込んで凄んでみたが、女性が近寄らなくなって淋しい思いをした。

市の広報誌の座談会では、小便をガマンしている表情になる。「ボランティア運動と地域の人の輪」なんてタイトルの座談会に町の活動家おばさんや暇つぶしオヤジが出てきて、一番いい服を着て、トイレへ行くのをガマンしている。無理して笑って、顔がひきつっている。

市役所広報のカメラマンは十五年ぐらい前の旧式カメラを使っている。フラッシュを作動させても三回に一回は失敗する。かといって土門拳みたいな大家が出てくると、撮影のため、ひと晩かかったりして、大変なことになる。

激論大会は、口をとんがらせている人、机を叩く人、目玉をひんむいている人、灰皿をつかんでふりかざす人、とキャラが出ていたほうがよい。

三十年ぐらい前、赤瀬川原平企画で、下町の沢の湯で銭湯座談会なるものをやった。銭湯の絵が富士山で、背景がめでたかったが、一時間以上つかっていたため、ゆでダコ顔になってしまった。

難しいのは女性の写真で、こちらが「すごくいい感じだなあ」と思う写真は、本人は気にいらない。どうも本物の自分とは似ていない写真を好むようである。女性は、写真のなかに、もうひとりの自分を発見したがっているようなのだ。

不良おばさんは偉い

三十代になると女性はおばさんとなる。

なかには小学生でおばさん化する娘もいるが、三十代が第一期おばさんで、なんといっても四十代がおばさん最盛期となる。五十代で円熟期を迎え、六十代となるとおばさん達人期に入る。「この体重計が壊れている」といいだすのがおばさんの特技である。

個人差はあるが、だいたいそのようであって、おばさん度が強力なのは四十代から五十代にかけてである。

そういった中年婦人は「国の力である」から大切に扱わなくてはいけない。三十歳以下のおばさん度は未熟でまだ発展途上の予備軍である。

おばさんには十タイプあって、

①天然純情派（略して㋢）
②居候《いそうろう》亭主依存派（略して㋑）
③自然回帰派（略して㋛）

④悠々自適派（略して㋙）
⑤不倫願望派（略して㋫）
⑥欲望全開派（略して㋵）
⑦運動健康派（略して㋒）
⑧脳内快楽派（略して㋨）
⑨昼食談合派（略して㋪）
⑩美顔執着派（略して㋪゙）

となる。

この各派の略称をつなぎあわせると、「テイシユフヨウノヒビ」（亭主不要の日々）となるから覚えておくとよい。さらに観察すると、さらにニ派とス派がいることに気がつき、中年の御婦人は「テイシユフヨウノヒビニス」となる。

略称のニ派は忍術主婦派で、男をケムに巻いてドロンと消える。ス派は相撲愛好家で、たとえば内館牧子さんがそのひとりであろう。いま先端をいくのは、このニス派であって、ガゼン目がはなせない。

数年前に『変！　おばさん忍法帖』という変な小説を書いて世間のひんしゅくを買

ったが、それが光文社文庫に入った。これは、そのへんにいる買い物カゴにネギを入れたおばさんが、ヤクザ者に廻し蹴りをいれたり、膝蹴りをかましたりして暴れまわるという活劇小説である。

書いたときは、知りあいの女性たちから、「アンタ、本当に変ね」とけなされた。かねてより「日本のおばさんは忍術を使う」とにらんでおり、わが愛するおばさんへの愛をこめて書いたのに、おばさんは、おばさんと呼ばれることが気にくわないのだ。令夫人とか中年のご婦人といわなくちゃいけない。

で、文庫本の解説をどなたに依頼しようかと大いに悩み、「そうだ格闘技に詳しい内館牧子さんがおられるではないか」と気がつき、旧縁にたよって書いていただいた。内館さんとは、十五年前に対談で会って以来、とんと話をしていない。

対談した三年後に、「信州須坂近辺でよい温泉はどこか」と電話で尋ねられ、高山村にある一軒宿を紹介したことがある。その後、内館さんが書いた『義務と演技』を拝読して、「なるほど左様か。男は女にだまされている。これからはそのへんを中心に研究しなければいけない」と反省したのだった。

旅さきのいろんなところで「変なおばさん」に会う。列車に乗っていると、白いブラウスを着た令夫人が近づいてきて、「この服、自分で縫ったんですの、ほほほ」と笑う。「さいですか」と答えるとシズシズと消えてしまう。

あるいは、六十代後半のおばさんが寄ってきて、「私の服はアルマーニですの。いつもは着物ですけど」と自慢してそそくさと立ち去る。

列車の席で食べている駅弁をのぞきこんで、「それ、いくらしたの」と訊いてくるおばさんがいた。そういうときは誠意をもって正直に答えるようにしている。おばさんには嘘はいえない。

「カイロの南方の砂漠地帯メンフィスにあるピラミッドは紀元前二七〇〇年ですか」と訊かれたこともある。「はあ?」と聞きかえすと「クフ王の番組を見ましたよ」と目を輝かせた。

どうやら吉村作治早大教授と間違えているようで、「ファンです。サインして」と頼まれ、「吉村作治」とハンカチにサインしてしまった。

京都で、買った絵ハガキを公園のテーブルに載せて見ていると、二枚持っていってしまったおばさんがいた。

「それ、私のですけど」

というと、

「あら、タダなんじゃないの」

と凄まれた。

こういうおばさんは、いずれも忍術使いなのである。うっかりさからうと、ウリャーッとばかり飛び蹴りされるかもしれない。

注意すべきは、高級服を着ている令夫人ではなくして、フツーの服を着て、カカトの低い黒靴をはき、メガネをかけ、紙袋にデパチカで買ったカニシューマイかなんか持っているタイプである。

いつまでたっても娘時代が忘れられず、コーラス、月見草の宴に参加し、オペラの会、日本百名山ツアー、野鳥研究会、ハイキング、自然食品、玄米食にこだわり、ミントやハーブを栽培し、麦わら帽をかぶって、無添加クッキーを作り、ミカンの皮でセッケン作りなんてするおばさんは、みんな、忍術使いなんですよ。

パッチワークもアヤシイ。ドライフラワー、陶芸教室、ヨガ、フリーマーケット、開店レストラン廻り、短歌サークル、社交ダンス、歌舞伎ファンクラブ、NHKラジオの人気アナ村上信夫さんへ恋文めいたファックスをおくる人、天体観測会、椎名誠氏の講演会へ行くおばさんはすべて忍者系と見てよい。

内館牧子さんも忍法を使いその技を「忍法仏壇返し」という。

「仏壇返し」は相撲の決まり手で、朝青龍関もタジタジとなる力技である。ただし内館さんのは仏壇をひっくり返して、裏にある本音を暴くというおそるべき忍法で、文庫本の解説で、こちらの「女の趣味」が暴かれてしまった。

これは自分でも気がつかなかったことで、内館さんに、四点にわたって指摘されて、ダアとなった。

いわれてみると、まったくその通りであるが、その内容に関しては、お恥ずかしくてとてもここには書けない。内館さんが、精神分析学を駆使する忍者であることはたしかである。

バーゲンセールがはじまると、日本中のおばさんは、決死隊の形相となって朝一番でデパートへ駆けこむ。

これぞ日本伝統の忍法大会であって、うっかりその渦に巻きこまれたら大変なめにあいます。おっかねえぞ。

ただし、おばさんが忍法を使ってこそ日本経済は上むくのであって、それが景気復活の鍵なのである。

ゆく半年、くる半年

かなり前になるが、TBSラジオに高山君という天才ディレクターがいて、六月三十日の夜、「ゆく半年、くる半年」という先駆的番組を放送して世間の度胆を抜いた。

これは歴史的な名ラジオ番組である。

一年の前半が終わる六月三十日を記念して、半年分をしめくくるという企画だった。

銀座四丁目の服部時計店の下で、アナウンサーが道ゆく人にマイクをむけて、

「どんな半年だったでしょうか」

と訊くが、みんなキョトンとしている。

深夜十一時五十九分五十秒からカウントダウンして、

「九・八・七・六・五・四・三・二・一。はい半年があけました、おめでとうございます」

とやった。

さらに道ゆく人をつかまえて、

「新しい半年を迎える抱負はいかがなもんでしょうか」

と訊いた。

当然ながら、それに答えられる人はいなかったが、それは六月三十日を「一年の前半の終わり」と考える習慣がなかったためである。

サッカーの試合には前半と後半がある。四十五分間のゲームをやって、ちょっと休んで、気分を入れかえて後半戦に入る。この「ちょっと休む時間」が重要なのである。前半戦で負けていれば、どうやって逆転するかを考え、勝っていれば、気を抜かずにいく作戦をねる。

一年に中休みを入れるためには、六月三十日を中晦日《なかみそか》とし、翌七月一日を中正月《なかしょうがつ》として、二日連続の休日にしたらどうか。年こしそばに代わって、半年こしうどんを食う。冷やしうどんに生醬油をかけるだけ。醬油ぶっかけうどんを食べると、脳に稲妻が落ち、一本背負いをくらった味がして、たるんだカラダがピンとする。

ただでさえ梅雨どきで気が重い季節だから、ハーフタイムで、前半戦をふり返って後半の六カ月をひきしめるのである。

テレビは紅白梅雨合戦を生中継して、梅雨があけた町から、ゴーンゴーンと鐘を鳴らしていただきたい。NHK大河ドラマも、つまらなければ、半年で打ちきって新ドラマに変えちまえ。

政局もしかりで、年金不払い議員が続出したところで、後半の政局のアタマを切りかえる。

行きづまったイラク派兵も、中晦日に徹底的に検討しなおして、総括をせよ。

十二時間ぶっ通しで、視聴者からの意見を入れた生放送をする。

これは国民的総点検作業であって、これを実現すれば選挙の投票率もあがるはずだ。

七月一日を中正月とすれば、門松に代わって、月見草の花か朝顔の鉢を置く。

朝顔ののびてめでたき中晦日　（光三郎）

なんて感じで、気持ちが一新されて後半戦に力が入る。

一茶の句に、

　正月の子供になりてみたき哉

があるけれど、子らは夏のほうが好きだから、

　七月の子供になりてみたき哉　（光三郎）

といったところ。お年玉の代わりに小年玉《ことしだま》もあげましょう。サラリーマン諸君には夏のボーナスがあるんだから、子にも分配する。

しめ飾りはどうするか。露草、つるまめ、くさふじといったそのへんにある雑草で手作りすればよい。笹やメヒシバ、オオバコを束ねたって涼しい飾りができる。

古い町なら、虫干しをかねて獅子舞を出す。
さて、雑煮に代わってなにを食べるかが難しい。牛丼、豚丼ってわけにはいかず、カレーライス、チャーハンってのも変だし、スパゲッティ、ピザ、サンドウィッチじゃさまにならない。親子丼は地味だし、茶漬けじゃ子の栄養にならない。よーし、ここは気ばってウナ丼とすれば夏バテしない精がつく。
初日の出は、団地の窓から夏日の出をおがみ、子規ばりに、
夏日さす硯の海に波もなし（光三郎）
と涼み、夏の書き初めを涼しげに書く。六月までの仕事がうまくいかず、うじうじした湿っぽい気分を一度ふきとばそうじゃありませんか。だいたい、年の前半はあんまりうまくいかず、いやなことばかりつづくので、「後期逆転　いざ勝負」と書こうと思っている。
初夢は、夏夢となり、
夏夢はシェークスピアにあやかりて（光三郎）
なんてことを考えているが、ハムレットみたいになるのはいやだな。
暑中見舞い廃止は、まえまえからいっていることだが、「暑中祝い申しあげます」

とする。暑中をマイナスととらえるのではなく、「おいらの夏がやってきた」と、喜ばなくてはいけない。そのためにも、七月一日を中正月として祝日とする必要がある。

夏日の出をおがんで、ウナ丼食べて、家族一同で「半新年おめでとうございます」と祝い、夏の書き初めを書いてから、初湯ならぬ夏湯につかって汗を流す。

めでたきはわびしき里の夏湯かな　（光三郎）

いい句だねえ。いま思いついたんだけど。七月一日には夏の賀状がきて、「謹賀半年」と書いてある。

「今年後半もよろしくお願いします」とあれば、気にくわない部下でも「リストラするのは、もう半年ほどのばそうか」と寛容になる。

あるいは喪中のため、年賀状がこなかった人から、「どうにか元気にしております」と知らせられると、胸がほんのりとしびれる。正月にくる賀状より、夏の賀状のほうが、受けとる人の胸をうつ。

夏もまだ喪にある友の初便り　（光三郎）

日記は、書きはじめてから三カ月ぐらいで終わってしまう。なかには三日坊主の人もいるが、七月一日から気をとりなおして書きはじめればよい。一年単位で考えるから「アーア、今年もだめだった」と投げてしまうところを、半年でくいとめるのである。

中座した日記はじめてかき氷（光三郎）

なんて具合に。

七月一日からは、夏初荷を出す。近年は天候不順で、六月中からやたらと暑く、台風まできてしまう。新企画商品は異常気象がヒントになる。後半戦の初荷がヒットをとばすチャンスである。

正月七日は七種《ななくさ》の節句で七草がゆを食べる習慣がある。七月七日は、いまのままで七夕だから、後半期の願いを書いた紙を竹のさきにとりつける。と、考えてみると、「ゆく半年、くる半年」は、冗談ではなくて、誠に意義ある行事になります。

ドブ系願望

ひと昔前はそこらじゅうに汚い場所があった。

公衆便所がそのひとつで鼻をつまんで入った。

田舎の公衆便所はハエがブンブン飛んでいて、しゃがむときは別次元世界にさまよいこんだ感じで、クラクラした。

タンボにはコエダメがあった。コエダメに落ちた子がいて、いくら洗っても臭いがとれず、「一年間くさい」といって笑われた。

町には防火用水の池があり、ネズミや虫の死骸が浮き、周囲を雑草がおおっていた。

工場の裏庭にも赤錆びた池があり、化学薬品の臭いがたちこめて、みるからに毒の池といった気配があった。

工場の排水によって、川や海が汚れ、町の軒下にドブが流れていた。

雨が降ればドブから泥水があふれ出して道路がぐじゃぐじゃに汚れた。

至るところに汚いものがあり、それらを「見て見ぬふり」をして、すり抜けてきたのである。

ちかごろは、そういった汚い場所がなくなった。

厳密にいうと隠されたのである。

下水設備がよくなり、工場も汚水処理を人目につかないように工夫している。

人間の死体もしかりで、いまの子どもは、おじいちゃんが死んだときぐらいしか、ナマの死体を見ることはない。それも棺に花とともに入れられた美しい死体である。

棺はあっという間に火葬されて、遺影の写真だけが残る。

小学生のころは、河原に溺死した子の死体がゴロリと置かれ、コモがかぶせられていた。コモがはがされると、青黒く変色した顔が見えた。

家の近くに巨大な用水池があり、ゴミや油が浮いて異臭を放っていた。この池へは子が落ちて死ぬことがたびたびで、いまは埋めたてられて住宅地になった。「悪魔の泥沼」と呼んでいたが、怖いもの見たさで、釣りをしにいった。雷魚を釣りあげると、胴に薄黒い斑点があり、頭は蛇に似ていた。

泥池と不気味な雷魚の姿はいまもって忘れられず、ときどき夢を見る。

ということは、潜在意識に、「汚いもの」への憧憬があるのだ。やだやだと嫌いながらも、ドブ系への限りなき郷愁。

いまはドブ系は隠されて町の地下を流れていく。小便やウンコは人間が出すもので、どんな美人もウンコを腹に隠して生きている。であるのに、人目につかぬように処理されてしまう。

子どもは泥んこ遊びが好きである。

泥の水溜まりのなかへも入っていきたがる。

こういったドブ系願望の本能は、どこで満たされるのか。

と考えてみたら、じつにラーメンなのであった。空前のラーメンブームであるが、人気店のラーメンはスープがことごとくドブ色である。

ドブ色といってもさまざまで、トロ肉ラーメンは洗剤が入ったように白くにごり、ギトギトに脂が浮いて、チャーシューは生ゴミを思わせる。

赤いドブ系は、トンコツスープの泡に鉄錆色の縞が漂い、底よりふき出たメタンガスの泥が盛りあがっているようだ。

あるいは豚足を長時間煮込むため、台風で床下浸水した土間の水溜まりに似て、背脂がウジ虫状に浮いている。にごったスープの下にはミミズ状のシナ竹が沈んでいる。

よくも、こんなものを食うもんだ。

コーンバターラーメンにはトウモロコシをのせているが、どう見てもゲロとしか思えず、輪切りしたネギはカビ、チャーシューは濡れ紙で、黄色くちぢれた麵は不可思議な成虫を思わせる。

昔のラーメンは、スープはこはく色に澄み、緑色あざやかなほうれん草とチャーシュー一枚がのったシンプルなものだった。ちょっと醬油の匂いがしたあっさり味で、トリガラのだしがきいていた。九州のトンコツラーメンでも、ゲンコツと呼ばれる豚足を煮込んだスープに、ネギと紅ショウガをのせたストレートな華やかさがあった。

札幌ラーメンは、スープに味噌を加えるという裏技を使った。日本人の舌にあう味噌スープは味噌汁に通じ、札幌ならではの風味を出した。

しかし、いまはラーメンのカリスマあんちゃんが登場して、それらがゴッタ煮となり、トンコツスープにトリガラや味噌を加え、金ゴマをかけたりチーズをのせたり、ドロドロのコエダメと化した。

それぞれが覇を競うあまりに、九州流も北海道流もなくなって、店の前に行列ができればいいという次第で、人気のラーメンはドブ系となった。

それが、無意識のうちに、汚物願望とむすびついて、今日のラーメン全盛となったと察するのである。

料理を汚物にたとえるのはカレーがそうであって、「ウンコみたい」といいつつ食べていた。「やだあ」というものの、ウンコはもとは人間の体内にあるもので人間は「歩くウンコ」である。

深沢七郎氏は「うまい漬物はウンコの臭いがする」といって、ウンコ色の沢庵をガリガリかじっていた。また「野グソするとウンコは左巻きだが、うちの朝顔のツルは右巻きだ」と、スルドク観察していた。

深沢氏は「汚いもの好き」で、汚いものの話をはじめると、聞いているほうがのけぞって気持ち悪くなった。しかし、それは人間が出す汚物であって公害物質ではない。

深沢氏は「まずい料理」も好きで、まずいラーメン屋を見つけると、「食べてこい」

と命令された。そして、そのラーメンがいかにまずいかを説明してみろ、といわれた。

いま、深沢氏が生きていれば、日本全国で評判を呼んでいるカリスマラーメン屋に悶絶大興奮するであろう。

どの店も「主人が研究を重ねて作り出したマル秘味」で「こってりとしつつもあっさりしたあと味」、「長時間熟成させた麺」を使い、「じっくり煮込んだ豚骨スープなのにくせがなく」、「一日五十食限定」あり、「二十分で完食するとタダ」があり、「求道的」でコントンとして、なにがなんだかわからず食べたあとは吐きそうになる。

そういったドブ系の味を体内に入れることによって、いまのあんちゃんたちは、無機質な時代とのバランスを保っているのです。

定年後のクラス会

小学校三年のときに国立町へ転校して、クラスのボスであったK君にいじめられた。K君は、軀が大きく、そこそこ勉強ができ、弁がたち、大きな家に住む地元有力者の息子であった。

ボスのK君には、意味なく殴られたり蹴られたりして、馬鹿にされ、くやし涙を流した。殴られるたびに「いつの日か復讐してやる」と心に誓った。

K君が一学年先輩で、なにかの事情で、一年間休学していたことはあとから知った。K君にはいらだちがあり、人知れず悩んでいたはずだ。

いじめっ子が、弱い立場の子をいじめるのは、なにかの事情がある。自分のなかにあるモヤモヤした負の要素を解消するために弱者をいじめる。そして気を晴らす。いじめっ子はもとはいじめられっ子であったのだ。

周囲の友人で活躍している連中は、小学生時代はいじめられっ子であったと、口をそろえていう。いじめられたくやしさをバネにして仕事に精進して名をなした。

いじめっ子が大成しないのは、なんらかのくやしい思いを弱者にぶつけて、気がすんでしまうからである。会社でも、弱い部下をいじめていい気になっている上司は、結局は大成しない。いじめられたくやしさを胸に秘めて、それを自分の力に転化した人が強い。

いじめられた小学生のころ、「負けるが勝ち」という意味がわからなかった。負けるのは、どう考えても負けなのであった。

大学生になったころは、軀をきたえて、武術を覚えた。先輩に空手の達人がいて、その人のあとをついていって路上バトルをした。チンピラの二、三人を気絶させると、やたらと自信がついて、「なんだ、こんなに簡単なことだったのか」と気がついた。

ちょうどそんなころ、町かどでK君に会った。「よう」と声をかけると、K君はおびえた顔で逃げてしまった。ただならぬ殺気を感じたためと思う。追いかけて蹴りを入れてやろうかと思ったが、やめた。

ケンカが強かった空手の達人は、その一年後、渋谷の愚連隊の抗争に巻きこまれて、射殺されてしまった。いくらケンカが強くても、上には上がいるもので、ケンカのおそろしさが身にしみた。

K君とはその後会ったことがない。K君は小学校のクラス会へも顔を出さない。クラスの連中に顔をあわせられないのか、一学年下の連中を同窓生と思いたくないのか、そのへんはよくわからない。

会社に就職してからも、ときどき、ケンカをした。三十年前の新宿ゴールデン街は、ケンカ運動会のようで、そこかしこでケンカがあった。おとなしく飲んでいてもからまれるのだから、これは避けようがない。勝つことは少なく、負けることがたびたびで、顔に青アザをつけて出社して、恥ずかしい思いをした。運よく勝ったときは、すぐ逃げた。逃げきれずに警察につかまって、パトカーで四谷署に連行されたことがある。四谷署の地下室で調書をとられて示談書を書いた。

そのとき、ようやく「負けるが勝ち」だな、とわかった。ケンカは、勝ったときは気分がすっきりするが、そのあとが怖い。

ケンカの仲裁がうまい人がいる。暴力沙汰がはじまると割って入り、双方を「まあまあ」となだめる。仲裁がうまい人は、路上バトルの達人で、じつはケンカが強い。せっかくとめて貰ったのに、まだやめないと、仲裁役が怒り出してことは面倒になり、ケンカの意味が違ってくる。

ことが仕返し合戦となり、もつれれば、プロの極道の出番となる。しかし極道はそれが商売であるから、仲裁料が必要となり、金がかかる。

まあ、素人のケンカは、そこまでいかないうちに、現場にいあわせた者がとめる。ケンカをしている当人が、とめてくれることを期待しているところがある。

で、いつのまにかケンカをとめるはめになり、とめた両人から殴られて、壁にとばされて、割れたメガネを這いずって拾ったことがある。這ったところを蹴られて、ケンカをした人に「てめえがしゃしゃり出る場じゃねえ」とののしられた。仲裁する貫禄がなかった。

それ以来、近くでケンカがはじまると、スゴスゴと逃げるようになった。自分にかかわりのないケンカには介入しないほうがいい。

また、隣客にからまれたときは、よほどでない限り、知らんぷりをして逃げるようになった。これも「負けるが勝ち」の心境だ。なにぶん素人だから、手かげんを知らず、やるとメチャクチャにしてしまい、極道の知人に「まったく素人は怖いよ」といわれたことがある。

弱いからキュウソネコヲカム状態になってしまう。それで、あとで、相手の弁護士から訴えられるはめになり、「勝ちが負ける」のである。

男三人兄弟で育ち、兄弟がケンカしても母親はとめなかった。へたに介入することが、火に油をそそぐ状態になることを母親は知っていた。高校生になると、みんな軀がでかくなり、蹴り技が飛びかって、とめようがなかったというのが実情だ。ということで、弟ふたりのとっくみあいを、プロレス観戦の気分で見物していた。ほうっておけば、そのうちに、やっているほうが疲れてきて、やめる。

ケンカをとめないのは卑怯のようにも見えるが、ケンカをしている者どうしには、それぞれの大義があるのだから、安易な正義心で介入すると、余計なおせっかいになる。子のケンカに親が介入しないのは、むしろ当然のことである。

せんだって、小学校のクラス会の通知があった。小学校は一学年一クラスしかなくて、全卒業生で五十名である。

案内の通知に「卒業後五十周年のつどい」とあり、もうそんな年齢になってしまったのか、と天を仰いだ。

行きたい気分はやまやまながら「旅行のため欠席します」と返事を出した。

そのとき、いじめっ子だったK君のことを思い出した。K君はどのような定年男になっているのだろうか。

ケイタイ魂

渡辺和博氏と知りあったのは三十五年ぐらい前のことで、そのころはカメラマンだった。

赤瀬川原平さんの弟子で漫画雑誌「ガロ」に漫画を描いていた。原平さん門下からは南伸坊はじめ強力新人がつぎつぎと輩出し、原平さんは「弟子の七光り」現象と分析していた。

そのうち渡辺氏が、南伸坊のあとをうけて「ガロ」編集長になったとき、友人一同は仰天して、地べたに座りこんだ。

渡辺氏には世俗的な常識が欠け、ボクトツではあるが、人ときちんとしゃべることができない。それはいまだってそうで、はじめて渡辺氏に電話をかけた人は、びっくりする。アーとかウーとかオー以外はあんまり、言葉が出ないのだ。だから電話をかけた人はなにか失礼なことをいって、渡辺氏の怒りにふれたのかと思ってしまう。「ガロ」編集長のときは、クマさん（篠原勝之）が「なんだ、その口のきき方は」と怒ってしまった。編集長がアー・ウー・オーだけじゃ、筆者はバカにされたと勘違いをする。

しかし、しばらくすれば、渡辺氏が悪意でそういっているのではないことがわかる。渡辺氏特有の思考回路があって、お世辞だの季節の挨拶はとばして、いきなり結論にいってしまう。

新入社員は、まず、電話の応対法から教えられるが、渡辺氏にはそれは通じない。世間にはやたらと電話の応対がうまい人がいて、必要以上にていねいにしゃべる。だけど電話の応対がうまい人は、えてして人間味に欠ける。

ちかごろ流行の「御理解いただきたい」がそのひとつで、これをいわれるたびに腹がたつ。渡辺氏なら「やだ」で終わってしまう。明解である。

渡辺氏は、話の回路に直感の火花を散らし、ヒトコトで全体を表現してしまう。そんな渡辺氏は私とウマがあうから、「週刊朝日」の連載コラム「コンセント抜いたか!」では十年にわたってコンビを組んだ。「週刊朝日」のコラムの左の小さなハコに渡辺氏のコトバが掲載されるが、雑誌が刊行されるまで、なんと書いてくるのかわからない。スレスレの暴論が書かれていて、ヒヤリとすることたびたびだ。怖い人である。

渡辺氏は酒を飲まないし、煙草も吸わない。原平さんたちと数人でワイワイガヤガヤと飲んでいるときも、すみで静かにウーロン茶をすすっているだけだ。ほとんどしゃべらないから、いるのかいないのかわからない。

であるのに、その場でなにが話題になり、なにがおこったかをきちんと覚えていて、あとでヒトコト批評をする。それがカチーンと核心をついているので腰を抜かすことになる。どこかの異星からきた哲人といった気配がある。

その渡辺氏は三年前に食道に静脈瘤ができ、静脈瘤が破裂して貧血で倒れた。内視鏡を使って静脈瘤のコブをつまんで、しばったという。

渡辺氏が入院した都立F病院はわが家の近くにあり、入院中に、渡辺氏が訪ねてきた。散歩の途中だから立ち寄ったのだという。こちらが病院に見舞いにいくのではなく、入院中の患者が見舞いされにきた。「コブが三つあったから、ぱっちんぱっちんと切ったの」と解説して帰っていった。

都立F病院は、数年前に吐血して救急車で運ばれたところである。一年前には、学生時代の同級生が末期ガンで入院し、二カ月で死んだ。ガン治療では実力がある病院と評価されている。

同級生が死んだ直後に、渡辺氏は検査入院して、肝臓ガンを告知された。肝臓に十九ミリの腫瘍が三つあった。で、肝動脈塞栓の手術をすることになった。

見舞いに行くと「イラストレーターがガンだと世間に知られると仕事がこなくなるからいいふらさないように」とクギをさされた。それで、いろんな人から渡辺氏の病状を訊かれても「盲腸です」といっておいた。

国立の画廊エソラで、「ハガキ絵展」を開催したとき、渡辺氏はまだ入院中で、看護師の絵を出品した。結局渡辺氏の入院は四十五日間に及び、盲腸ではないことがばれてしまった。

で、入院中に『キン・コン・ガン！』という本を書いてしまった。オビに「渡辺和博、肝臓ガンと闘う」とある。「ヒミツにしておけ」といっておいて、自分でいいふらしてしまった。これまた不良定年の予備患者と察せられた。

読んでみると、「素晴しき病院のハッピーな粉」「都市伝説は病院で生まれる」「変わりつつある白衣の天使」「お見舞いの品いろいろ」と、もうメチャクチャにキレている。圧巻は手術の最中に、白衣の医者のケイタイ電話がピピピと鳴ったところ。手術中だから、まさか電話には出ないだろうと思ったが、医師は片手でケイタイの青い通話ボタンを押したという。最初は仕事の話だったが、次第に「飲みに行こうよ」「すまん、今日はちょっと……」的な内容になっていった。

渡辺氏は、ちゃんと、そのことを覚えて、イラスト入りで書いている。手術中の医師がケイタイで話していても、近くにいた主治医は「電話に出るなよ」とか「ほかの人に電話をとらせろ」とはいわず、ひたすらパソコンにむかって電子カルテを書きこんでいるだけだ。

そこで渡辺氏は考えた。

いまの世の中、若者が仕事中にケイタイしても注意なんかしちゃだめだ。そんな無粋なことをすると「イケてない上司だ」と思われる。手術されながらそう納得した。ケイタイで話しながらも、手術はうまくいったのだから結果オーライで、ケイタイ医師は、つまり名医だ。ケイタイを使ったのは、医師の余裕のなせる業だった。

ガンの闘病記というのは、「妻よありがとう。息子よ立派に生きてくれ」式のお涙ちょうだい式が多いけれども、渡辺版は、お笑い闘病記ともいうべき傑作で、これを読むとガンになってみたくなる。

おどろくべきは渡辺氏は医学知識が深いことで、さすが薬屋の息子である。医者や看護師からすれば、ボケーッとして近眼の患者が、ここまで病院の実態を観察していたとは思わなかったろう。

のみならず四人部屋の同室にいた元警察官の「五百万円タンス預金」事件を盗み聴きし、先生がフトコロから「承諾書」をとりだして「これにサインしてください」と迫るキケンな香りを嗅ぎとった。見舞い品に見る現代文化論、病院におけるホウレンソウの法則、などなど。

イラストは四十一点もあって、いつのまにこんなに描いたんだろうか。ガンになってもタダではならないカズヒロ根性はしぶとい。そんな渡辺氏は二〇〇七年二月六日、五十六歳で死んだ。

ケイタイは、ほとんどの人が持ち歩くようになった。ケイタイは戦後最強の新興宗教である。

だいぶ前に、携帯ラジオが大流行となり「こりゃ便利なものができた」と重宝したものだが、生活必需品とはならず、略してケイタイと呼ばれることもなかった。

江戸時代、武士のケイタイ必需品は日本刀であった。日本刀は武士の命であって、肌身はなさず持ち歩き、眠るときは枕元においた。日本刀はヒトゴロシの武器であり、自刃するのにも使われた。

いまの時代は、日本刀をケイタイ必需品とするのは、暴力団の殴り込み御一行ぐらいのものであろう。警察官のケイタイ必需品は拳銃である。しかし一般市民が持ち歩くことは禁じられている。

とすると、ケイタイ電話は武士の日本刀以来、ひさしぶりにケイタイ必需品となった歴史的凶器といってよい。

俗にいうケイタイ品は、カバンのなかに入っている。ハンカチ、ハナガミ、手帳、筆記具、メモ用紙、などは、なければないですむもので、必需品というわけではない。カバンには、時計、薬、文庫本、カメラ、メガネなども入っているが、これも生活必需品というほどではない。

せんだって、時計を忘れたときは、ケイタイ電話の時計が役に立った。北海道の山中で道に迷ったときもケイタイで命拾いをした。外国旅行では、国際電話ができるケイタイがじつに便利であった。

外国に行って取材する記者も国際ケイタイ電話を持っている人が多いから、緊急時の連絡には役に立つ。予想外のトラブルに巻きこまれてしまったときは、ケイタイ電

の記録も簡単だ。音楽演奏会のチケットもケイタイに入力される。幼児を殺害して、死体の写真を親へ送りつける変態者が出てきた。

山男がケイタイするのはばかでかいリュックである。あのなかには、テント（ケイタイ小屋）や食料品、水、地図、寝袋、コップ、調理具、燃料だの山中で生きのびる道具一式が入っている。そのリュックを冬山の谷底に落としてしまってもベテランならばどうにか工夫して生き残る力があるだろう。

メールにはまったあんちゃんやねえちゃんは、たかが百グラムほどのスカスカのケイタイ電話を紛失すれば、それだけで人生の迷子となる。

ケイタイする最後のものは自分の肉体である。火事で家が焼けようが、人さらいに連れ去られようが、自分の身ひとつで逃げれば生きられる。

この勢いでは犬も猫も猿もケイタイを持つようになる。ノミのケイタイ、インフルエンザのケイタイ、イルカのケイタイ。

霊媒師は、死者との会話をする能力を持つ人をいう。恐山ではイタコという霊媒師がいて、遺族に代わって死者と交信をする。死者用のケイタイ電話が開発されれば、普通の人でも、それが可能になる。さしあたってはメールで、霊媒師の伝言例を百通りほど入力しておけばよい。百パターンを基本とすれば十万パターンのメール回答は容易に作ることができる。

メール依存症の人のためには、霊界通信、宇宙通信、架空恋人通信の需要がある。ちかごろは、爆弾テロの時限装置にケイタイ電話を使うようになった。自爆テロリストにとってのケイタイは爆弾であって、ケイタイの行く末を暗示している。

更けていく夜

二十五年前、東京都港区赤坂八丁目の3LDKマンションを買って仕事場とした。それまで、六本木や西麻布のアパートを転々としていた身には、晴れがましかった。二つ隣りのマンションには総理大臣が住み、玄関に簡易交番ができて、二十四時間の番をしていた。

すぐ隣りのマンションには都はるみさんが住んでいたし、斜め前には吉川英治邸があり、その奥は広大なカナダ大使館だ。買ったマンションは、歌手のA・ルイスさんが住んでいた部屋だった。

右も左も有名人だらけで、道を歩けば人気俳優や歌手に会った。そのころは、四十歳だったから、一丁前にとんがって、「ガンガンいくぜ」と気負い、「港区以外に住んでるやつはみんなイモだア」という気がした。

マンション街は、夜は深山幽谷のように静まり返ってしまう。歩いて十分も行けば青山や六本木の繁華街なのに、物音ひとつしない。

深夜、ひとりで原稿を書いていると、サクサクと人が忍びよってくる音がした。ふり返るとだれもいない。そしてまたしばらくすると同じ音がする。気がつくと、それは、自分が、しっけた南京豆を嚙んでいる音なのであった。

一九八六年五月四日、五階のベランダで、空を見ながら缶ビールを飲んでいた。その日は、赤坂迎賓館で東京サミットの歓迎式典が行われ、近所は厳重な警戒態勢がしかれていた。連休のただなかだったため、警察官のほかは人影が少なかった。

すると、目の上を迫撃弾が飛んでいった。最初は、な、なんだこりゃ、と腰が抜け、わけがわからなかった。しばらくしてテレビをつけると、歓迎式典をねらって過激派が発射した迫撃弾であるとわかった。一発はカナダ大使館わきの狭い道路に落ち、全部で五発が発射された。いまさっきマンションの上を飛びこえた迫撃弾は、後方の衆議院副議長公邸に落ちた。

落ちてもたいした破裂はなかったし、もう少し低くくれば、部屋のなかに着弾したはずで、惜しいことをした。迫撃弾が飛びこめば、「これがそのタマですよ」と、友人に自慢することができたのに。

迫撃弾が発射されたのは、新潮社近くの矢来町にあるマンションの一室からだった。その部屋に、そうとは知らずに住みこんだのが、月刊「現代」編集長N氏であることは、あとで知った。N氏が住みはじめてから、公安の調査官が何度かやってきて、この次第がわかったという。

N氏は、赤坂八丁目の仕事場へきて空をながめ、「うちからここまで飛んできたのか」と感慨ぶかげであった。N宅とわが仕事場は、一発の迫撃弾でつながれるところだった。

そんなことがあってから、この部屋は「大当たり！」の可能性があるという気がして、離れがたくなった。

その翌年、それが本当になった。年賀ハガキを買いそびれたので、百円の宝くじ券を三百枚買って、封筒に入れて出すと、そのなかから二千万円の大当たりが出た。ほうぼうから電話があり、「ぼくは七番ちがい」だの「三番ちがい」だのと連絡があった。

事務所のK子が、連続番号で三百枚買ったとき、「念のため、だれが何番か書いときましょうか」といったが、「そんなメンドーなことはすんな」といって、書きとめなかった。

これは、いまもって、だれが当たったのか不明のままで、それでいいのだ。とにかく当たればめでたい。

その後は、酔って帰って柱にオデコが当たったり、弁当で食中毒に当たったりしたが、なんでもよく当たるめでたい仕事場であった。

カナダ大使館沿いの坂を下りると、カンボジア大使館の森があって、不法侵入者が生活していた。カンボジアの政府がさだまらず、そのまま放置されているのは、ミステリアスで、なかなかの景観であったが、いまは立派な大使館のビルができた。

カンボジア大使館のさきは下町風飲食店の一角があって、赤坂村と呼んでいた。そこだけが居心地のよい町であった。

三年前から、近所はビルラッシュとなり、古い屋敷はとり壊されて、高層マンションがつぎつぎと建ちはじめた。

そのきわめつけが六本木ヒルズで、窓から缶ビール・ユーホーみたいなのが見えた。防衛庁の跡地でも新ビルの工事がはじまった。

不良定年を生きる身にあっては、「ちょっと違うな」という気がしてきた。これよりは道楽者として過ごし、七十五歳で隠居するつもりでいる。隠居こそが不良老人の到達点であり、隠居なりの不良行為もしたい。そのためには、赤坂や六本木は、もう、住む町ではなくなった。

さて、どこがいいか。

隠居は町なかに限る。すぐ隣りに居酒屋があり、寿司屋があり、文房具店と書店があり、横丁が入り組んで、ムカシの江戸が残っている町。

となると、これがけっこう難しい。歳をとってから深山幽谷へひきこもったんじゃあ、ただのぼけ老人になってしまう。

湯島天神界隈に住み、泉鏡花の『婦系図《おんなけいず》』みたいに梅見をしてみたい。根岸、入谷に住んで、入谷朝顔市を子規の気分で歩くのもいいし、浅草の裏長屋に隠れて、浅草寺へお参りして隅田川の花見を楽しもうか。浅草は亡父のふる里である。

いや待てよ、谷中墓地の近くに住み、毒婦高橋お伝の幽霊と酒をくみかわすのも悪くないな。深川に、芭蕉庵みたいなボロ家はないものか。神田古書店街の裏道の喫茶店の二階も、隠れよさそうだ。

と、こう考えてみると、東京には住んでみたい町がいっぱいある。

それでも赤坂は忘れがたく、酒をあおっていると、電話があり、種村季弘氏が亡くなったことを知らされた。半年前に種村氏と麻布十番の湯につかって、近くのそば屋で酒を飲んだばかりだった。思いはチヂに乱れて、翌朝の明け方まで寝つけない。

いろいろと考えた結果、赤坂からの引っ越しさきは神楽坂にした。それで、赤坂の仕事場にあった荷物の大半を捨てたのだが、なにぶん二十五年間いたところだから、妙なものが出てくる。

まずは花柄の長じゅばん。これは初代の助手K子が、着物の着つけを、二代目のシメ子姐さん（踊り師匠）に習ったときに使ったものである。

ピンクのパンティは、三代目助手のI子が、ワコールの社長よりいただいたものである。大量の薬は、四代目助手のT子さんが置き忘れていった。

あとは陶器、ガラス、写真帳、古美術書画、屛風、古時計、絵、古本である。

絵は友人の画家が個展をひらくたびに買ったもので、百点近くあり、自宅へ移し、古本は神田の古書店にひきとって貰った。海外旅行の土産やガラクタは、箱につめて全部捨てた。三十着近くある洋服も捨てた。

日本酒、ウィスキー、ワインは三箱ぶん捨てた。机や椅子の大半も捨て、ようするに仕事場にあったものの七割は捨ててしまった。

捨てきれないのは自分が書いた本である。これが、ダンボール八十箱あった。よくもまあこんなにあると自分でもおそれいった。単行本は一定期間たつと文庫本になり、それぞれ百冊ずつとり寄せて、来た客に配っていたが、それらが少しずつ残り、これほどの量になった。

絶版になった本ばかりで、ロングセラーは多くない。文庫本で書店に出ているのは、新潮文庫とちくま文庫、光文社文庫など十五冊ぐらいで、あとはみんな絶版だ。

絶版本はいとおしい。文庫化されると、最初の単行本は絶版となる。そのうち、文庫本も絶版となるから「自分の記録を残しておきたい」という気がおこる。それがつもりつもってダンボール八十箱になってしまった。

十箱ぶんはカバーをはずして、「燃えるゴミ」へ出した。二十箱は神楽坂の新事務所へ送り、五十箱を自宅へ送った。

自宅へ送ったダンボール箱をあけると、十二畳の部屋に山のように絶版本が積まれて、われながら絶句した。

二つの書庫、二階の書斎、三階の屋根裏部屋の書棚はすでに満杯で、これ以上入れると床が抜ける。仕方なく、本のカバーをはずして百冊をヒモで縛って、「燃えるゴミ」に出した。それでも捨てきれぬ本が千冊以上ある。

亡父の書庫にある古本を捨てて、少しずつ入れかえているうち、老母が本につまずいて転んで、畳に顔面を打ってしまった。

ほとほと困って、画廊喫茶エソラを経営している関マスオさんに相談をした。画廊喫茶エソラは山口瞳さんがひいきにしていた店で、一カ月前には山口瞳ファンクラブが没後九年の「しのぶ会」をひらき、全国から山口ファンが集まった。

マスオさんは古物商の免許を持ち、古美術オークションもやっている。

しかし、マスオさんの店で古本として売るには数が多すぎる。マスオさんは、しばし首をひねって、「兄貴の店でやりましょう」といい、その場で「ワインと古本市」というチラシを作った。

マスオさんの兄上は、国立駅南口前にせきやビルを持っており、一階から三階は西友、六階はＮＨＫ学園に貸している。そのせきやビルの地下は、広大なワインセラーとなっている。

せきやビルの地下のワインセラーの広さは、東京でも一、二を争う広さで、その品ぞろえのよさは群を抜いている。二年前にこのワインセラーが開かれたとき、ワイン通の友人たちを呼び、シャトー・マルゴー、シャトー・ラトゥール、ロマネ・コンティといった超高級ワインを五本飲んでしまった。

せきやはフランスやイタリアの醸造元と直で取引するため、ワインの値が三割ぐらい安いのである。

絶版レア本の運命と似ている気がして、たちまち、「ワインを飲んで古本を読もう!」というコピーを思いついた。これは山口瞳氏の名作「トリスを飲んでハワイへ行こう!」からのパクリである。こうなったら、やけのやんぱちだあ。

という次第で、マスオさんがワゴン車でやってきて、レア本となったわが古本を、三百冊ほど選りすぐって、持っていった。

本の売り上げでせきやのワインを買った。絶版本がワインと化すなんてのは、これは、やたらとすっきりした。

赤坂の仕事場から引っ越す最後の夜は、ひとりで畳部屋に泊まった。

名月であった。

長いあいだを過ごした仕事場であるから思いが残った。

漱石の句に、

名月や故郷《ふるさと》遠き影法師

がある。

この句が好きで、旅さきで影法師を見るたびに心が騒ぐ。影法師を見つめる漱石の心が揺れていて、その、ざわざわとした風狂が心にしみてくる。

畳部屋にビルの影がくっきりと映り、

名月や畳の上にビルの影　（光三郎）

と詠んだ。

芭蕉は月見マニアで、月の句をいっぱい詠んでいる。

米くるゝ友を今宵《こよい》の月の客　（「笈日記」）

月はやし梢《こずえ》は雨を持《もち》ながら　（「鹿島詣」）

入月《いるつき》の跡は机の四隅《よすみ》哉《かな》　（其角の父への追悼句）

など六十句以上ある。

芭蕉にとって月見は欠かせない行事であって、「どこでどういう心情で月の句を詠むか」が課題であった。芭蕉の句は風雅にみえて、そのじつ狂気を含んでいる。そういや、萩原朔太郎の詩に「月に吠える」という名作があったな。

そんなことを考えつつ缶ビールを飲むうち、うーっと、犬みたいに唸った。翌日は、午後二時に七人連れの引っ越し屋がきて、手ぎわよく荷物を運んでくれた。

引っ越しさきの神楽坂は花街で、周囲は料亭や居酒屋ばかりだ。薄情なもので、赤坂にはとんと未練がなくなった。

サマセット・モームの小説に、画家のゴーガンをモデルとした『月と六ペンス』がある。芸術への熱情を「月」に、世俗の難事を「六ペンス」に象徴させているが、神楽坂は世俗もまるごと「月」であって、トトテーンシャンと三味線の音がきこえる月夜の路地を歩くと、やたらと浮足だった。困ったことに、月夜の晩は血が騒ぎ、不良の血がたぎってくる。

さっそく、坂崎重盛はじめとする友人がやってきて引っ越し祝いの酒宴となり、「こんなに酒場の多い町に住んでカラダが持つのかね」と心配してくれた。

それ以来不良定年生活を実践して、ひたすらグレる日々を過ごしているが、不良力を回復するには月明かりの享楽が不可欠である。グレてグレてグレまくる。

神楽坂は月影が妖しく、月光旅館があり、月光写真が撮れそうだし、老いた月光仮面が暗闇に身をひそめている。歳をとって山中に身を隠すのはただのオイボレであって歓楽の色街に身をひそめてこそ、退歩する官能を得られる。

わが最初の一句は、

満月を浴びて少年探偵団　(T中学校同人誌「序唱」)

であった。そのころは、江戸川乱歩作『少年探偵団』に夢中になっていて、仲間を集めて、怪しい男を追っていた。その体験は『活字の人さらい』(ちくま文庫)に書いた。

売れなかった本のひとつに『おとこくらべ』（ちくま文庫）があり、これは樋口一葉が、妹の邦子と人気小説家の家柄、経済力、顔、色気、才能、性格、女ぐせの一覧表を作る話である。

一葉は、道であった人のあとをつけていく癖があった。これは小説を書くための観察で、刑事の追跡に似ている。

中学生のころは、そんな高級な考えがあるはずもなく、「なに者かを追っていくスリル」につき動かされていた。名探偵明智小五郎の助手である小林少年の真似をしただけだ。

還暦をすぎた小林少年が歳をとって小林老人になっても、いるはずもない犯人を追い求める習性はなおらない。月夜の晩になると小林老人と化して、徘徊するようになった。どうも月夜になにかある。

花見は浮かれ、月見はしんみりするものだ。江戸時代は月見船が盛んで、川辺に船を浮かべて酒宴をした。蕪村の句に、

月見船煙管《きせる》を落す浅瀬哉

があり、月見客が酔って煙管を浅瀬に落とした様子が一幅の絵になっている。

花見で財布を落とすことはあっても、月見で落とすことはない。いまの月見は、縁側に、ダンゴ、里芋、ススキの三点セットを並べるぐらいのものだ。月見をしてもほんの七秒間ぐらいで「あ、月ね」で終わってしまうのに、神楽坂では不良のハイド氏と化すのであった。

モームは、ゴーガンの絵画への熱情を月にたとえたけれども、その月は狂気の月であって、静かではなく、風流でもない。あちらには満月の晩に狼と化す物語があり、どうも、そっちのほうらしい。

月夜に徘徊する定年後の小林老人は、ストーカーと紙一重である。徘徊するうちに、追っているつもりが、追いこされてしまう。体力が落ちたためだ。当然ながら酒を飲んでいる。

すると『追いこされる技術』というタイトルで一冊書けるな、と思いついた。

思いおこせば、才ある友に追いこされつづけてきた生涯だった。

ローカル線に乗って特急列車に追いこされる快感、新幹線こだま号に乗ってひかり号に抜かれていく余裕、力士が引退を決意するときの心情、というあたりを考えた。徘徊しつつも世間を追跡する習慣が抜けない。これは月光パワーのなせる業で、天上から降りそそぐ月明りが脳を刺激する。花見は酒を飲んで騒いでひたすら気分を発散させるのに、月見は内向して、骨の芯を黄金化させる。月がでない夜は、月見そばを食べてその代用とする。

というような次第で、

満月に狂う一夜や神楽坂　（光三郎）

という日々となった。月を見あげては飲み歩き、月光を充電するのである。ヨロヨロとふらつきながらも、しぶとく月光を浴びている。中年から老人にかけての不良生活は、月光吸収力が高まるのだ。

満月の夜にジジイは狂う。

うっかり近よると嚙みつくかもしれないから、近づかないように。

神楽坂の隠れ家に泊まると、満月に狂って飲み歩く日々がつづいた。これでまた、不良少年に戻った。

おかげで仕事が手につかず原稿の締切に遅れる。

それに、飲んでばかりいると、身がもたない。夜の九時に電話がかかり、「いま、神楽坂の居酒屋で中川美智子さんの定年お別れ会をしているから、来い」と呼び出された。

中川さんは、「筑摩の真珠」と呼ばれていた麗人で定年を迎えた。居酒屋は二次会まっさいちゅうで、松田哲夫氏ほか四十人ほどが飲んでいた。

松田氏とは一週間前に、健康診断へ行った。西国分寺にある山本内科クリニックで、山本晴彦先生は、主治医であった故ドクトル庭瀬の盟友である。土曜日の休診日に午前中から六人だけ診察してくれた。午前九時からは、建築家の藤森照信氏、十時からは赤瀬川原平氏と南伸坊氏、十一時からは林丈二氏と松田氏だった。

そんなこともあって、松田氏に「や、先日はどーも」と挨拶して、「講談社の生越孝氏が亡くなられた」と話をした。生越氏は、『「不良中年」は楽しい』を企画、編集した人で、五十八歳で急逝してしまった。

生越氏とふたりで「不良中年、不倫方程式」なんてものをバーのカウンターで作っていたのは、ついこのあいだのことである。親しい友人がつぎつぎと死んでいく。酒を飲む楽しい会に、故人のことを思い出すのはどういうわけなんだろうか。つぎはわが身、とみんな感じている。

「中川さんは九十歳まで生きますな。あと三十年」

というと、「あら、そうかしら、キャッキャャッキャッ」と高笑いをした。中川さんのお嬢様はこれよりブラジルへ社会学の調査へ出かけるのだという。この日は、酔っぱらいの母親のつきそいできた。

居酒屋がカンバンとなって店を出るとき、花束やら記念品やらの手荷物が山のようにあって、両手に所帯道具をかかえた夜逃げ母娘といった感じになった。

神楽坂の通りは、深夜零時をすぎると一方通行が反対になる。やってきたタクシーをつかまえて、トランクをあけて荷物をつめこんだ。すると「もう一軒行くわ」となって一度つめこんだ荷物をとり出した。この時間になっても、十五人ほどの同僚が中川さんの手をにぎって離そうとしない。いいなあ、これもムカシの飲み方である。

深夜営業のそば屋へ行き、空けた焼酎瓶は五本で、二時間ほど飲んだ。もう、こうなったら朝まで飲んでもかまわない、という気になってきた。

そば屋を出てから、わが仕事場へきていただき、秘蔵の赤ワインやアイスワインを十四人で立ち飲みして、ようやくお開きとなったのが午前三時だった。

これぞ花街に隠れる愉悦であって、自宅にひきこもっていたのではできない。風呂に入ってから缶ビールを飲み、ふと、大島ヒロ坊を思い出した。

ヒロ坊はマガジンハウスで雑誌「鳩よ！」編集長をしていた人で、つきあいは二十五年になる。そのコワモテ達人が六月に定年を迎えたとき、重盛氏が発起人となって祝賀会をやろうとしたが、ヒロ坊は「やだ」といって承知しなかった。ヒロ坊も「不良定年」組だから一度こうといったら、あとへはひかない。

どうも男のほうがセンチメンタルで、女のほうがドライである。どっちみち不良品として生きるのだから、パッとにぎやかにやったほうがケジメがつくと思うのだが、そうもいかないらしい。ヒロ坊にはヒロ坊の思いこみがあり、「定年の日に花束貰うなんて、不良のすることじゃない」という。それはそれでわかる気もする。

ぼくが会社を退職したのは三十八歳で、希望退職に応じた者のお別れ会をやって、六十人ぐらいが参加してにぎやかだったが、涙がとまらなくて困った。涙が出るとすっきりして、ふんぎりがついた。しかし、六十歳でやめたわけではないので、サラリーマンの定年の実感はわからない。

ここで、また、生越氏を思い出した。生越氏の葬儀が終わった十日後に、生越夫人が軽井沢からジャガ芋や野菜を送ってきた。

「夫がつくった野菜です」と手紙が添えてあった。生越氏は週末を軽井沢の別荘で過ごすという優雅な生活を実践し、自分で栽培した野菜を送ってくれていた。あと二年で定年を迎え、定年後の生活は輝いているかにみえた。

部屋の奥から、生越氏が描いた俳画をとり出して、おがんだ。サングラスをかけた不良姿の生越氏が、巷を飲み歩いている絵が描かれていた。

種村季弘さんと麻布十番温泉の湯につかったとき、タネさんはガン手術の傷を「ほら、こんなもんさ」と見せて、「トシをとったら、冗談いって生きてきゃいいの。トーマス・マンの『魔の山』を退屈しのぎに読んで、ほかにすることがない、というのがいいの」といっていた。種村さんが逝き、渡辺和博ことナベゾが逝き、嵐山オフィスのシメ子姐さんも逝ってしまった。

故人を思い出すとにぎやかになる。死んだって一緒に宴会をやりゃあいいのだ。

あとがき……「善人定年となるなかれ」

この本を企画編集したのは坂崎重盛氏で「不良定年」というタイトルも坂崎氏がつけた。

坂崎氏の企画による私の本はやたらとあって、なにもこの『不良定年』に限ったものではない。坂崎氏は出版社相談役のかたわら快著が多く、旧友にしてライバルである。こういった油断できぬ同志がいてこそ、不良定年の生活がなしとげられる。

この本に書いた半分は書きおろしだが、「週刊朝日」に連載している「コンセント抜いたか！」から、とくに「定年前後の不良的生活」に関するものを集めて再構成した。「週刊朝日」の連載コラムは、不良オヤジの日録といってよい。

還暦をすぎると、血縁者より友人が、ぬるい世間を生きていく頼りになる。生き方は別でも、共通する風雅なる価値観、共鳴する無駄な時間、遊ぶ企画力が重要な条件で、その共通項が「不良性」である。

いくら長生きしても、自分の姿は自分では見えにくい。他人のことはわかるのに自分が見えなくなる。まあ、それはおたがいさまである。

しかし、それほど仲がよくない人に「おまえのここが悪い」と指摘されると、「ほっといてくれ」と腹がたつ。定年を迎えて、いまさら他人の指図など受けたくないし、ずーっと好きなように生きてきた。

不良仲間は、そういった心情をさぐりあい、不良定年となった者が、あらたに不良定年予備軍をけしかける。そこに不良組の極意があり、飲んだくれ仲間である坂崎氏の手によって、ここに有益図書が刊行されることになった。

単行本表紙の版画は、出版業界の大先輩である半藤一利氏の作品を使わせていただいた。半藤氏に会うたびに「上には上がいるものだ」とちぢみあがった。恐縮しながらも、半藤氏の威をかりた狐となって、本にハクをつけた。中川美智子さんはその後嵐山オフィス学芸部長として事務所にきていただくことになった。これも、「飲んだくれ」の縁で、いまや「美智子姐さん」は嵐山オフィスで、不良定年女性版として大活躍をされています。

この本でいいたかったことは「善人定年となるなかれ」のひとことにつきる。ということで、あとがきの一句。

春一番下駄ばきで行く不良かな

平成十七年一月十日

嵐山光三郎

文庫本のあとがき

「無印良品」というブランドがありますが、この本は「無印不良品」です。無印でただグレているだけです。単行本が評判となって、流行語にもなりましたが、一世をフービというわけでもなく、まだ読んでいない人も多いと思われるので、文庫本にして、広く日本中の無印不良中年に呼びかけよう、ということになりました。おやじはグレてグレて、グレまくればいいのです。

いまは「暴走老人」なるものが出現して世間をおそれおののかせておりますが、それは不良定年の延長にある老人で、これぞジジイの鑑といっていい。定年を迎えたからといって、「いい人」になる必要はありません。むしろ不良品となった自分を再検証して、暴走しましょう。

バアさんが戦車に乗って渋谷の街にくりだして、機関銃をぶちかます、なんてことがおきるかもしれません。バアさん軍がケッキすれば、ジイさんだって戦闘機から機銃掃射してケッキする。老人軍は失うものがないんだからね。

定年オヤジをなめるんじゃねえぞ。オラオラ、その若いの。マニュアルでいい子ぶってたって、そんなの蹴ちらしていくからな。よーく見てろよ、アホタンめ。

いてて。あら、つまずいちゃった。

グレてもやっぱりポンコツだなあ。よいこらしょ、と。地べたに転んで、膝小僧をさすりながらも、不良定年は負けない。空を見あげておきあがりつつ、ドスドスと歩いていきます。酒持ってこーい、てんだ。

昔はみんな不良少年でした。

そして、また不良老人に戻るのです。退歩しつつも、どこまでグレられるかが、定年後の勝負ですから、定年をひかえたオヤジは、アタマとカラダを鍛えておきましょう。

平成十九年師走　　嵐山光三郎

解説　有能にして無頼

大村彦次郎

まず老人の昔話からいきましょう。サイレント映画華やかなりし頃、羅門《らもん》光三郎というチャンバラ俳優がいました。もちろんお分りじゃあありませんよね。子どもたちの憧れの的で、あの色川武大さんも大のファンでした。

嵐山光三郎という名前をはじめて目にしたとき、私などは羅門と嵐山の荒ぶれたイメージが重なって、ウワァッ、と思ったのです。これには何かワケがあるぞ、と思案し、色川さんにも訊いてはみたのですが、さしたる要領は得られなかった。偶然にしても、面白い取り合わせ、私はこの人物の名前に、はじめからゾクゾクしたものです。

これまた昔話で恐縮ですが、四半世紀以上も前のこと、あるパーティに野坂昭如さんと一緒に出かけましたら、会場の中央に、イキのいい、それこそ昇り龍といった、アニさん連中が顔をそろえているのです。たしかその会は椎名誠さんの授賞式か何かで、椎名さんを中心に赤瀬川原平、村松友視、篠原勝之、安西水丸、南伸坊、それに糸井重里さんもいましたなア。その中でガキ大将のように、ひときわ目立つ人がいて、それがテレビにもよく出演し始めていた嵐山光三郎さんでした。当時、新雑誌『ドリブ』の編集長を兼ねていたのではないでしょうか。

私は思わず、傍らの野坂さんに向かって、「いやア、つぎなる新興勢力が津波のように、かなたから押し寄せてきましたなア」と、つぶやきました。忘れもしません。そのときのオンタイ野坂の、何ともいえない複雑、憮然たる表情を。他人ごとではありません。私が現役の編集者稼業からズレ始めたのも、ちょうどその前後からのことでした。

思い出しついでに、もう一つ言いましょう。嵐山さんがあのキテレツな〈ABC文体〉で売り出しを図った頃、それを読んだ吉行淳之介さんが、「うちのオヤジに似ているな」と、発言したことを覚えております。吉行さんのお父さんの吉行エイスケは昭和のはじめ、モダニズム派の作家として世に出た人ですが、まもなく時勢にあわず、消えました。その才気が似ているのか、それともツブレかねない運命が似ているのか、吉行さんの真意は聞き洩らしましたが、いずれにしろ、この異色新人の出現はその時代、筆でメシを食う面々には、ちょっと気の許せぬところがあったのです。

私が嵐山さんのタンゲイすべからざる才能に、あらためて舌を捲いたのは、もうちょっとあとのことで、深沢七郎さんとの師弟関係を描いた『桃仙人』を読んだときでした。ご承知のように、深沢さんはわが国稲作農耕文化の生んだ稀有の天才です。天才には狂気と兇器がそなわっていますから、かの風流夢譚事件のようなものが起こるのです。こんな人のそばに近寄ったら、どんな才能でも喰われてしまいます。その魅力にいっときは惹きつけられたものの、彼の呪縛力から逃げ出すのは並大抵のことではありません。

その怖ろしさに気がついて、そこからどうやったら逃げ出せるか、『桃仙人』はそれがテーマの恐怖小説です。嵐山さんはこれを書いて、重くのしかかる深沢さんの存在感をハネ返したことで、はじめて自分を確立した、といえるのではないでしょうか。地獄を見た、というか、もう怖いものはない。深沢仙人も凄いが、勝負を賭けた弟子もまたスゴかった。

さて、遅ればせになりましたが、本書の『不良定年』です。不良と呼称するからには、老後をいかに安楽に暮らすか、といった、世間一般に通用する、ノウハウ的実用書とはおよそ違います。一読すれば、すぐに分ります。むしろ世の常識からすれば、有害に近い、アンチ・モラルな老人読本と思えば、さしさわりはないでしょう。

本書中にも書かれているように、著者は三十八歳で勤めていた会社を罷めてから、人生かなりスレスレのところを歩いてきました。それもご本人にいわせれば、つんのめりながらのことです。野坂さんも色川さんも、まごうかたなき無頼の人でしたが、お二人にはまともな会社勤めの経験はなかった。この点が同じ無頼ながらも、有能な勤め人生活をもった嵐山さんとは異ります。

会社が傾き、希望退職者を募ったので志願したら、社長室に呼ばれ、「きみは違う」と、社長から残留を懇望された、というぐらいですから、著者はさしずめサラリーマンとしても、きわめて有能な人物だったのでしょう。現場でラツ腕をふるう人は、みんなカリスマ性があり、色っぽく、ダンディで、義理人情に厚く、しかも不良っぽい、と書かれています。まさに著者自身がそうだったのでしょう。これまで辿ってきたわが道のりを省み、つよい自負といささかの慚愧の念がかすめないわけはありません。有能にして無頼——。その両者を支える噴出するエネルギー。とにかく著者一流の〈不良定年思想〉のドグマはここから発しております。見方を変えれば、本書は著者の自信にあふれた、大胆な人生告白の書ともいえます。

有能、無能を問わず、誰でも長年嵌められた会社勤めのタガから外れ、老いて不良を気取る、いいじゃありませんか。著者あとがきの一句に倣《なら》って、

目の前を不良が通って日が暮れる

そう、いまさら本書に余計な解説などいらなかったのです。

本書は二〇〇五年二月、新講社より刊行された。

温泉旅行記　嵐山光三郎

自称・温泉王が厳選した名湯・秘湯の数々。旅行ガイドブックとは違った嵐山流遊湯三昧紀行。気の持ちようで十分楽しめるのだ。（安西水丸）

頰っぺた落とし　う、うまい！　嵐山光三郎

うまい料理には事情がある。不法侵入者のカレー、別れた妻の湯豆腐など20の料理にまつわる、ジワリと唾液あふれじんと胸に迫る物語。（南伸坊）

おとこくらべ　嵐山光三郎

樋口一葉が書きとめた「おとこくらべ」一覧の話他、八雲、漱石、有島、芥川……博識とユーモアで綴る明治の文豪の性と死。（清水義範）

寿司問答　江戸前の真髄　嵐山光三郎

江戸前寿司は前衛であり、アートである。値段と内容を吟味して選び抜いた16店の奇跡の逸品、その味と技術と心意気を紹介。（坂崎重盛）

老人力　赤瀬川原平

20世紀末、日本中を脱力させた名著『老人力』と『老人力②』が、あわせて文庫に！　ぼけ、ヨイヨイ、もうろくに潜むパワーがここに結集する。

優柔不断術　赤瀬川原平

世間では優柔不断は馬鹿にされる。決断は男らしくて素晴しいと賞賛される。でも……。世の中は本当は優柔不断に満ちている‼（豊崎由美）

ヤクザの世界　青山光二

ヤクザ社会の真の姿とは——掟、作法や仁義、心情、適性、生活源……現役最長老の作家による、警察が参考にしたという名著！（山崎行雄）

色川武大・阿佐田哲也エッセイズ1　放浪　色川武大／阿佐田哲也　大庭萱朗編

純文学作家・色川武大。麻雀物文士・阿佐田哲也。二つの名前によるエッセイ・コレクション。第1巻はアウトローの「渡世術」！（鎌田哲哉）

色川武大・阿佐田哲也エッセイズ2　芸能　色川武大／阿佐田哲也　大庭萱朗編

著者の芸能、映画、ジャズへの耽溺ぶりはまさに壮絶！　三平、ロッパなど有名無名の芸人たちへのオマージュから戦後が見える。（唐沢俊一）

色川武大・阿佐田哲也エッセイズ3　交遊　色川武大／阿佐田哲也　大庭萱朗編

「俺のまわりは天才だらけ」！　武田百合子、川上宗薫、立川談志等、ジャンルを超えた畏友雀友交遊録。鋭い観察眼と優しさ。（村松友視）

男女のしかた 夏目房之介

面白くって、役に立つ！ 昔の人は、アノことをこんなふうにしていた！ アッと驚く古典的性愛術の世界を史上初めて現代マンガに訳する。（森下典子）

東京酒場漂流記 なぎら健壱

異色のフォーク・シンガーが達意の文章で綴るおかしくも哀しい酒場めぐり。薄暮の酒場に集う人々との無言の会話、酒、肴。（高田文夫）

東京の江戸を遊ぶ なぎら健壱

江戸の残り香消えゆくばかりの現代・東京。異才なぎら健壱が、千社札貼り、猪牙舟、町めぐり等々、江戸の「遊び」に挑む！（いとうせいこう）

不良のための読書術 永江朗

洪水のように本が溢れ返る時代に「マジメなよいこ」では面白い本にめぐり会えない。本の成立、流通にまで遡り伝授する、不良のための読書術。

これも男の生きる道 橋本治

日本の男には「男」としての魅力がないのか？ 「男のありかたを見直すこと、旧来のなれあい関係から脱出すること」により新生する男像とは？

漱石先生 大いに笑う 半藤一利

漱石の俳句を題材に、漱石探偵の著者がにが虫漱石のもう一つの魅力を探り出す。展開される名推理に漱石先生も呵呵大笑。（嵐山光三郎）

笑う茶碗 南伸坊

笑う探検隊・シンボー夫妻が、面白いものを探し求めて東へ西へと駆け巡る！ あまりの馬鹿馬鹿しさに茶碗も笑うエッセイ集。（夏石鈴子）

ブロンソンならこう言うね ブロンソンズ（田口トモロヲ＋みうらじゅん）

人気の著者二人が尊敬する男気のある俳優、チャールズ・ブロンソンならきっとこう言うね！ とお互いの悩みに答えあう爆笑人生相談。特別増補版。

日本ぶらりぶらり 山下清

坊主頭に半ズボン、リュックを背負い日本各地の旅に出た〝裸の大将〟が見聞きするものは不思議なことばかり。スケッチ多数。（壽岳章子）

戦中派虫けら日記 山田風太郎

〈嘘はつくまい。嘘の日記は無意味である〉戦時下、明日の希望もなく、心身ともに飢餓状態にあった若き風太郎の心の叫び。（久世光彦）

ちくま文庫

不良定年《ふりようていねん》

二〇〇八年一月十日　第一刷発行

著者　嵐山光三郎（あらしやま・こうざぶろう）
発行者　菊池明郎
発行所　株式会社　筑摩書房
東京都台東区蔵前二―五―三　〒一一一―八七五五
振替〇〇一六〇―八―四一二三

装幀者　安野光雅
印刷所　中央精版印刷株式会社
製本所　中央精版印刷株式会社

乱丁・落丁本の場合は、左記宛に御送付下さい。
送料小社負担でお取り替えいたします。
ご注文・お問い合わせも左記へお願いします。
筑摩書房サービスセンター
埼玉県さいたま市北区櫛引町二―六〇四　〒三三一―八五〇七
電話番号　〇四八―六五一―〇〇五三

ISBN978-4-480-42411-2 C0195